ケリック
年齢：24歳
身長：182cm
セイハ村で暮らす青年。
ミアの夫であり物静か。
ミア
年齢：18歳
身長：158cm
セイハ村で暮らす女性。
アンナの面倒を見る。ケリックとは夫婦。
朝に弱く、二度寝の常習者。
エヴリン
年齢：17歳
身長：152cm
貧しい商家出身。裏表が激しい。アンナから
イーノックの婚約者の立場を奪う。
イーノック
年齢：20歳
身長：172cm
ガルシア家長男として生まれる。
何かにつけて見栄を張りたがる。
アンナの義妹エヴリンと恋に落ちる。

Contents

第一章　婚約破棄と実家追放　007
第二章　色褪せない思い出　027
第三章　ようこそセイハ村へ　054
第四章　挨拶　080
第五章　山菜と泥棒　114
第六章　アンナからの手紙　137
第七章　似たもの同士　143
第八章　お寝坊さん　157
第九章　イーノックの企み　170
第十章　不安　174
第十一章　収穫祭　184
第十二章　塩男の正体　198
第十三章　貴族↓村人↓王妃　214
第十四章　妃教育と再会　238
第十五章　姉妹対決　252
第十六章　義妹の末路　267
第十七章　三年後　280

婚約破棄＆実家追放されたので、諦めていた平民の彼に猛アタックすることにしました

八緒あいら

Jノベルライト文庫

〔イラスト〕　茲助

第一章　婚約破棄と実家追放

ことの始まりは、一通の手紙からだった。

『すぐにガルシア家へ来るように』

「不躾《ぶしつけ》になんなのよ、もう」

アンナ・ヒルデバルトは婚約者であるイーノック・ガルシアからの不躾な早文《はやぶみ》に眉をひそめた。行きたくないが、行かなければ父から責められるのはこちらだ。しぶしぶ使用人を呼び、身支度《みじたく》を整《ととの》えてもらう。

「今回も急ですね」

「本当にね。少しはこっちの都合も考えてほしいわ」

馴染《なじ》みの使用人と雑談しながら、アンナは鏡に映る自分の姿をぼんやりと眺める。鼻筋の通った顔立ちと血色の良い頬、そして貴族には珍しい茶色の髪と瞳。子供の頃世話になった乳母《うば》には亡き母の生き写しだと言われた。

アンナはナルシストではないが、容姿を褒められることは好きだった。自分を通して母を褒められているように感じられたからだ。

「終わりました、アンナ様」

「ありがとう、エミリィ。呼び出して悪かったわね」

「いえ。それでは私はこれで失礼します」

外行きの格好になったアンナは、馬車に乗り婚約者であるイーノックの元へと急いだ。

ヒルデバルト家とガルシア家は馬車を使えば五分とかからず行き来できるほど家が近い。この距離の近さが、気軽にアンナが呼びつけられる理由だ。

「前々回は隣国から買い付けた高級なお酒を自慢するため。前回は獣狩りで初めて仕留めた獲物を見せびらかすため。今回は一体なにかしら」

これまでに呼び出された理由を指折り数えながら、アンナは半眼でガルシア邸の屋根を眺めていた。

――そして告げられたのは、婚約破棄だった。

▼

「アンナ、君との婚約を破棄させてもらう」

ガルシア家の本館に着くなり、挨拶をすっ飛ばしてアンナはそう宣言された。彼女に指を突きつける人物こそ、アンナの婚約者イーノック・ガルシアだ。

中性的な顔立ちとすらりと細長い手足。左右に流した長めの金髪は女性顔負けの光沢を放っている。一部の令嬢たちの間では美貌《びぼう》の令息《れいそく》と言われているが、アンナはそうは思わなかった。アンナはどちらかというと頼りがいのあるがっしりした男性の方が好きだった。

人の好みは千差万別。好みが違う程度なら何とも思わなかったが、問題はその性格だ。

周囲にはかなり人当たりの穏やかな好青年を演じているが、使用人や婚約者相手にはとことん高圧的で、しかも傲慢《ごうまん》だ。さすがに暴力を振るわれたことはないが、使用人を殴っている場面はよく見かける。

高貴な生まれの人間は下賤《げせん》の者をどのように扱っても良い――それがイーノックの考え方だ。彼を格好いいと表する周辺の人々がこちら側の顔を知れば一気に冷めることだろう。

「婚約破棄……ですって？」

「そうとも」

「なんで？」

取り繕《つくろ》いのない純粋な疑問が口をついて出る。

伯爵令嬢には不釣り合いな口調だったが、これがアンナの素《す》の口調だ。

平民のような汚い言葉遣《づか》いだと、幼い頃から矯正《きょうせい》をされボロが出ることはほとんどないはずだった。

それが出てしまうほど、そしてそのことに気付かないほど、今のアンナの胸中は驚愕《きょうがく》という感情が支配していた。

「何だその口の利《き》き方は」

「あ、ごめんなさい、つい。というか婚約破棄って本気なの？」

「当たり前だ」

イーノックとアンナは幼い頃に両親が取り決めた婚約者だ。本人の感情以外の要素が多く絡む貴族の結婚であり、互いに恋愛感情はない。

一緒に過ごしているうちにそういう感情が後から芽生えてくることもあるらしいが……二人にそれはなかった。容姿も、考え方も、ついでに金銭感覚も、なにもかもが正反対だった。

それでも今日まで婚約関係が続けられていたのは、ひとえに貴族特有の家の利害関係のためだ。

ガルシア家とヒルデバルト家は二人を結婚させることで多くの益を享受《きょうじゅ》できる。

この婚約は二人だけの問題ではないのだ。好みと性格が合わない程度で婚約破棄など認めてもらえるはずがない（それがアリならばアンナの方からとっくに見限っていた）。

そういった事情で縛られているにも拘《かか》わらず、イーノックははっきりと婚約破棄をアンナに突きつけてきた。

「アンナ。僕は真実の愛を見つけたんだ。親が宛《あ》てがった偽物じゃなく、本物をね」

「それは別にいいけれど……家のこととか、大丈夫なの？」

「君がそのことを心配する必要はない。入ってきてくれ」

イーノックの言葉で扉が開かれ、一人の少女が入室してくる。アンナはその少女に見覚えがあった。

あったどころか……同じ屋根の下で住む家族だ。

「エヴリン」

父の再婚相手の連れ子であり、多くの男子を虜《とりこ》にする魅惑《みわく》の美貌《びぼう》を持ったアンナの義妹《ぎまい》・エヴリン。彼女は当たり前のようにイーノックの隣――婚約者がいるべきはずの位置に立った。

イーノックはエヴリンの細い腰に手を回し、ぐい、と身を引き寄せる。彼女はそれに抗《あらが》うことなくしなだれかかり、手を添えた。そして、うっとりとした視線を互いにぶつけ合う。

「……ああなるほど、そういうことね」

二人の動作と目線で、アンナはすべてを察した。

イーノックとエヴリンは、アンナの知らないところで何度も逢瀬《おうせ》を重ねていた。彼の言う真実の愛の相手とはエヴリンだ。

「それなら家同士の繋がりは切れないって訳ね」

イーノックの次の相手が別の家の女性なら大問題だったが、エヴリンならば問題はない。アンナとエヴリンが入れ替わっても、家同士の関係は今のままを維持できるからだ。

「その通りだ。既に各所に通達も済ませている」

イーノックの短絡的な思いつきではなく、既に根回しも済ませてある。先程の彼の言葉はそれに裏打ちされたものだ。

「ごめんなさいお義姉様《ねえ》。私、イーノック様を心からお慕いしてしまったんです」

「仕方ないわ。人の気持ちは止められないもの」

悲しい表情を浮かべるエヴリンに対し、アンナは冷めた視線を向けた。

エヴリンは目に涙をため、イーノックの背後へと隠れる。

「お義姉様、そんなに怖い顔をなさらないで」

「アンナ、嫉妬《しっと》は見苦しいぞ」

「してないわよ」

反論しながら、アンナはこの場が巷《ちまた》で流行《はや》っている恋愛小説のワンシーンのように思えてきた。泣くヒロインと、それを庇《かば》うヒーロー。そして女を責め立てる悪役令嬢。

（配役的に、私は悪役令嬢ってところかしら）

ヒーローであるイーノックは、ヒロインのエヴリンを胸に抱きながらアンナを糾《きゅう》弾《だん》した。

「嘘をつけ。僕の寵愛《ちょうあい》を受けるエヴリンを羨《うらや》ましそうな目で睨み付けただろう」

「本当にそう見えたのなら、早めに医者にかかることをお勧めするわ」

「なんだと⁉」

「お二人とも、喧嘩《けんか》はおやめください。大好きなお二人が争っている場面を見るのはとても悲しいです」

「エヴリン。なんて優しいんだ」

(……馬鹿馬鹿しい)

エヴリンに夢中なイーノックを冷めた視線で見やってから、アンナはきびすを返した。

「とにかく、婚約破棄の件は了承したわ。お二人ともおめでとう」

「ならばもう君に用はない。さっさとこの場から出て行ってくれ」

「言われなくとも」

そのまま立ち去ろうとしたアンナだったが、ふと振り返り、エヴリンに笑みを向けた。

「お幸せにね」

「ありがとうございます、お義姉様」

アンナの背中を見送りながら、エヴリンは儚げな表情を反転させて暗い笑みを浮かべた。

「ふふ。馬鹿なお義姉様。あんたが帰る場所なんてもうないのよ」

エヴリンの声は精霊《せいれい》が囁《ささや》く程度の小さなもので、アンナはもちろんのこと——すぐ隣にいるイーノックの耳にも届かなかった。

▼

家に戻ったアンナを待っていたのは、門の前で険しい表情を浮かべていたヒルデバルト家当主・ジェレッドの姿だった。

「お父様。こんなところでどうされました？」

「話は済んだようだな」

まるで先程の場面を見てきたかのような言い方だった。イーノックが言っていた通り、各所への根回しを済ませていることの証左《しょうさ》だろう。

「はい。イーノック様との婚約破棄を承《うけたまわ》ってまいりました」

「では、もう遠慮することはないな」

「？」

首を傾《かし》げるアンナに、ジェレッドは指を突きつけた。

奇《く》しくもその姿は、数十分前のイーノックと全く同じ仕草《しぐさ》だった。

「アンナ。今日を以《もっ》てお前をこの家から勘当する」

かんどう。

その単語がなにを指しているのか、アンナの頭が理解するまでしばしの時間を要した。

思考が固まるアンナを、ジェレッドは侮蔑《ぶべつ》の眼差しで睨む。

「不勉強な貴様にはちと言葉が難しかったか。ならばこう言い直そう――アンナ。お前をこの家から追放する」

「……え。えぇぇ⁉　待ってください、どうしてですか⁉」

追放は家名にとんでもない泥を塗った場合にのみ適用される極めて重い罰だ。

身の回りの世話をすべて使用人に任せる貴族は、家から放り出されると途端になにもできなくなる。つまるところ、追放は遠回しの死刑宣告に他ならない。我が家とは何の関係もない所で野垂《のた》れ死ね――そう言っているようなものだ。

それほどの罪を犯した記憶など、いくら掘り起こしても出てくるはずがない。

婚約破棄も驚きはしたが、まだ予兆があった。しかし追放に関しては全く理解ができなかった。

「とぼけるな！　私が事態を把握《はあく》していないと思っているのか！」

「ですから、何のことですか？」

「エヴリンの美貌に嫉妬し、事あるごとに嫌がらせを行っていた罪！　マーグレットから聞き及び、すべて把握しているぞ！」

マーグレット。ジェレッドの再婚相手であり、アンナの義母《ぎぼ》に当たる人物だ。彼女はアンナとエヴリンの格差——実際にそんなものはないのだが——を訴えかけ、エヴリンへの同情を後押しする役をしていた。

ジェレッドは見事に絆《ほだ》されてしまい、今では言われるままアンナを毛嫌いするまでになっていた。

「心当たりがありません」

「廊下ですれ違ってもエヴリンに声をかけなかったこと。ありもしない陰謀《いんぼう》を吹き込み二人を悪者にしようとしたこと。これを嫉妬による嫌がらせと言わずして何と言う！　お前に嫌がらせをされてエヴリンがどれだけ悲しんでいることか！」

話をしても「嫌味を言われた」などと後から悪者にされてしまうので、よほど必要に迫られたときしか話しかけなかっただけだ。すれ違った際はちゃんと挨拶もしている。

話をしてもしなくても悪者にされるのはあまりにも理不尽《りふじん》だが、そんなことに気付けないほどジェレッドはエヴリンを溺愛していた。

「行き違いがあってエヴリンがそう感じたとしても、追放はいくらなんでもやり過ぎです」

「この期に及んでまだ言い訳をするかッ！」

「そうではなく、早計が過ぎるのではないかと申し上げているのです。私の話を聞いていただければ誤解であるとすぐに分かるので、どうか賢明なご判断を——痛⁉」

ずしりとした小袋が顔に当たり、アンナは思わず尻餅をついた。

じんじんとした痛みを我慢して飛んできたものを見やると、財布だった。

「手切れ金だ。それでどこへでも行くがいい！」

「証拠もなく実の娘を捨てるというのですか？」

「貴様などもう娘でも何でもない！　私の娘はエヴリンただ一人だ！」

「お父様！」

がしゃん、と目の前で門が閉められ、アンナはあっという間に追放されてしまった。

とぼとぼと家を後にするアンナ。

ちらり、と振り返るが、閉ざされた門が開く気配も、誰かが追ってくる気配もない。

本当に、アンナはヒルデバルト家から勘当されてしまったのだ。

その事実を確かめたアンナは、絶望に表情を歪め――なかった。

（……うまくいったようね）

遠目からでは分からない程度に唇の端を上げ、小さく拳《こぶし》を握りしめる。

（まだよ。ここで気を抜いちゃダメ）

そう言い聞かせ、町の外れに出るまで失意のどん底に落ちた風を装《よそお》った。


「アンナ様、アンナ様」

郊外に出ると、傍《そば》の木陰《こかげ》からアンナを呼ぶ声がした。

朝、身支度を整えてくれた専属使用人のエミリィだ。駆け寄ると、落ち着いた色合いの洋服を手渡される。

「こちらをどうぞ。着替えです」

ヒルデバルト家を勘当された今、アンナの身分は貴族ではなく平民だ。平民に今の格好は派手が過ぎるため、目立たない服装に着替えを済ませる。

「この洋服、着やすいわ。身体も動かしやすいし楽でいいわね」

貴族のドレスは見栄えを良くするために窮屈《きゅうくつ》な作りになっているものがほとんどだ。着脱に人の手を借りなければならない上、長時間着ていると苦しくなる。

しかしこれなら一人で簡単に脱ぎ着できるし、動きも阻害されない。

「こう言っていいかは分かりませんが……よく似合っておられます」

「ありがとと。嬉しいわ」

皮肉でもなんでもなく、エミリィは思ったことを口にした。ドレスなどで着飾らなくても、アンナの美しさは全く損《そこ》なわれていない。

「それから食料と水。目的地までの定期馬車便のチケットです」

「なにからなにまで助かったわ。あなたがいなかったら本当に野垂れ死んでいたかも」

「なにをおっしゃいますか。私はアンナ様の指示に従っただけです。……それにしてもエヴリン様、自分が利用されていたことに最後まで気付いておられませんでしたね」

「利用するだなんて酷《ひど》い。互いの利害が一致していたから、あの子がやりやすいように手伝っただけよ」

エヴリンはマーグレットと共にヒルデバルト家を乗っ取る算段を立てていた。彼女たちの計画達成のためには、アンナの存在がどうしても邪魔になる。

エヴリンがあることないことを父に吹き込んでいた理由はそれだった。

乗っ取り計画のことを偶然知ったアンナはジェレッドに報告したが、返って来たのは聞くに堪えない罵詈雑言《ばりぞうごん》だった。彼はエヴリンとマーグレットに夢中になっており、逆にアンナが家庭内に不和をもたらす異分子とされた。

「やはり下民の子は下民だな」

「――ッ」

その一言がきっかけで、両者の関係は完全にひび割れてしまった。

「私が悪者になることでみんなが団結するならそれで結構。私はそのおこぼれにあずかって自分の願いを叶えただけよ」

アンナはジェレッドの目を覚まさせることを放棄し、エヴリンの計画を止めることなく静観し、ときには手助けもした。

婚約破棄からの実家追放。それを最も強く望んでいたのは、他ならぬアンナだったのだ。

母を下民と揶揄《やゆ》するジェレッドに――ヒルデバルト家になど、もはや何の思い入れもない。

アンナをヒルデバルト家に縛っていたのは、婚約者であるイーノックだ。彼との婚約をどうにかしない限りアンナは家から逃《のが》れられない。

なのでアンナは、エヴリンとイーノックが二人きりになる時間を適宜《てきぎ》設けた。二人の逢瀬《おうせ》は、アンナによって実現されていたのだ。

なにも知らないエヴリンはアンナの地位を奪おうと躍起《やっき》になり、イーノックを一生懸命誘惑していた。なにも知らないイーノックはいとも簡単にエヴリンにのめり込んだ。

婚約破棄のために奔走《ほんそう》した結果、それが実を結んだ……という訳だ。

さすがに淡々と対応すると変に思われてしまうので、外見だけは最低限取り繕ったが、実は驚くような事などなにもない。

「アンナ様だけは敵に回したくないですね」

「人を黒幕みたいに言わないで」

すすすっ……と距離を取ろうとするエミリィの裾《すそ》をむんずと捕まえ、傍に留まらせる。

「そこまでして平民になりたかった理由、お伺いしても？」

「エミリィ。私たちにもう上下関係なんてないんだから、もっと砕けた話し方でいいわよ」

「……では失礼して。アンナ、どうして平民になりたかったの？」

少しぎこちなく、エミリィは言葉遣いを変えた。

ちょうど髪を後ろでまとめ終えたアンナは、満足そうに頷いてから理由を告げる。

「実は私も見つけてたのよね。真実の愛ってやつを」

「真実の……愛？」

「ええ。実は私、五年くらい前に誘拐《ゆうかい》されたのよね。そのときに私を助けてくれた殿方がいたの」

胸のペンダントを手のひらで転がしながら、アンナは昔を思い返していた。

「その人は誘拐場所の近くに住む平民だったの」

貴族と平民の婚姻は認められていない。アンナが意中の人と結ばれるには、平民になることが絶対条件だったのだ。

婚約者を義妹に引き渡し、勘当されることで平民となる。今回起こった一連の騒動は、どちらもアンナにとってはメリットしかない。

五年経っても色褪《あ》せない意中の人の顔を思い浮かべながら、アンナは見悶《みもだ》えた。

「颯爽《さっそう》と現れて山賊たちをバッタバッタとなぎ倒して……本当に格好良かったわ」

「……」

エミリィはまるで珍妙な動物でも発見したかのような、曰《いわ》く形容しがたい表情を浮かべていた。

「なによその顔は」

「ううん。アンナがそんな乙女みたいな理由で殿方に惚れるとは思ってなかったから」

「あなた、私を何だと思っていたのよ」

「義妹と婚約者と実の父親を手のひらで転がす謀略者《ぼうりゃくしゃ》」

人聞きの悪いどころではない言い方だったが、どこも訂正するところがないためアンナは反論を喉の奥に引っ込めた。

「と、とにかく！　これであの人と結ばれるための下準備ができたわ！」

アンナは晴れ晴れとした表情で両腕を広げた。彼女の視線の先には自国と隣国を分ける大きな山がある。彼が住む村はその向こう側にある。

「それじゃ、私はこれで。一刻も早く彼の元に行かなくちゃ」

「分かり――いえ、分かったわ。それじゃ、元気で」

「落ち着いたら手紙を出すから」

スキップするかのような軽やかさでその場を後にするアンナ。

その背中を見送りながら、エミリィはぽつりと呟いた。

「男のために地位も全部捨てるなんて……」

決められた相手に対して貴族令嬢が愚痴《ぐち》を言うくらいはよくある話だ。

令嬢たちは未来の不自由を対価として、今の不自由のない生活を保障されている。

不自由の等価交換。

アンナはそれを受け入れず、あまつさえ自ら壊した。それも、自ら平民に下ると
いうありえない方法で。

義妹エヴリンを焚《た》き付けるというシンプルな一手で、婚約破棄と実家追放を実現
させてしまった。その手腕《しゅわん》に、エミリィはただただ驚くばかりだ。

もしアンナが重宝《ちょうほう》されていたのなら、ヒルデバルト家・ガルシア家ともに未来は
安泰《あんたい》になっていたかもしれない。

既にその未来は失われてしまったので、仮定の話でしかないが。

「旦那様。イーノック様。逃した魚は大きかったですよ」

エミリィの呟きは、誰に聞こえることもなく風の音にかき消された。

「――そういえば、貴族のアンナに平民の生活が耐えられるのかしら」

ヒルデバルト家に戻ろうとして、ふとエミリィは考えた。

ここまではアンナの予定通りに進み、彼女はこれから平民として生きていくことになる。

平民と貴族の環境は様々な違いがある。食事の様式から住居・労働――生活のすべてにおいて、だ。

平民にとってはなんのことはないことであっても、伯爵令嬢として生きてきたアンナには相当過酷《かこく》なものとなるだろう。

「まあ、アンナのことだからその辺もなにか考えているわよね」

見事な手腕で自由をもぎ取ったのだ。その辺りのことはちゃんと対策を練っているに違いない。エミリィは余計な心配だと首を横に振った。

――平民になることだけを優先したアンナが、平民になった後のことを全く考えていなかったとは、このときのエミリィは予想もしていなかった。

第二章　色褪せない思い出

その日、十三歳のアンナは馬車の中で一人激昂《げっこう》していた。

「イーノックのやつ、本当にありえないわ……！」

イーノックの親戚筋のパーティに招待され、婚約者としてアンナはその会に同伴した。

それは伯爵令嬢として当然の義務なので特に文句はなかったが、アンナを誰かに紹介する度《たび》イーノックが「不出来な婚約者」だの「平民と間違われる見た目」だのと余計な一言を足すことにはさすがに閉口した。

今日のパーティの主賓《しゅひん》は彼の親戚だ。へりくだるのは構わないが、なぜアンナ「だけ」を下げるのか。

「アンナ、表情が硬いぞ。もっとちゃんと笑ってくれないと僕が困るんだ」

(誰のせいだと思っているのよ……！)

不満を表に出す訳にはいかず、パーティ中は終始《しゅうし》作り笑いを浮かべていた。

「外聞《がいぶん》を気にするくらいなら、執務を私にさせるのは止めてほしいのだけれど」

「夫を手伝うのは妻の役目だろう?」

「まだ妻じゃないし。妻だとしても、それは手伝いの中に含まれていないわよ」

普段は聞き流すような話だが、虫の居所が悪いこともあり、つい反論してしまった。

案の定、イーノックはあからさまに眉間《みけん》に皺《しわ》を寄せる。

「随分と口答《ごた》えをするじゃないか。いつからそんなに偉くなったんだ?」

「違うことを違うと言っただけよ。間違っている夫を正すのは妻の役目なの」

「……言うじゃないか。後悔するなよ」

不快感をあらわにしながら、イーノックは吐き捨てた。

——そして翌日の夕方。二人でディナーをする予定だったはずが、イーノックは「急用ができた」と帰ってしまった。

アンナがそれを知ったのは、きっちりとドレスアップをして予約していたはずのレストランに行ったときだ。

パーティでの出来事が余程気に入らなかったらしい。まるで嫌がらせのように——いや、正しく嫌がらせなのだろう。

さらに付け加えるなら、イーノックと一緒の馬車で来たので帰りの足がない状態に陥っている。仕方なくアンナは慣れない乗合馬車に都合を付け、一人で帰る羽目になった。

「馬鹿馬鹿。自分大好きなナルシスト。剣も持てないヒョロガリ！」

いつもは見えない位置に青筋を浮かべる程度で済ましていたアンナだったが、今回ばかりはさすがに怒りを爆発させた。

乗合馬車は普通、他の人と一緒に乗って移動する。しかし今回は御者《ぎょしゃ》の特別な計《はか》らいでアンナだけを運んでいる貸し切り状態だ。

「なんでも他人のせいにする押し付け野郎。報連相もできない自分勝手男……！　あーーーーーーっ」

どこに抗議しても無駄だということをアンナは嫌と言うほど学んでいた。本人、向こうの両親、自分の父親。誰に言っても最終的に悪いのはアンナということになる。

「……はぁ。やめよ」

ひとしきり愚痴を吐いたアンナは馬車の端にもたれかかった。弾力性のある椅子などは備え付けられていないため、地面の凹凸《おうとつ》が直《じか》に伝わってくる。あまりの乗り心地の悪さに、アンナはこれに平気で乗る平民たちを尊敬したほどだ。

「私の人生、ずっとこうなのかな」

これから何年、何十年と、家や婚約者にがんじがらめにされた生活を続けるのだろうか。

好きでもない相手の元に嫁《とつ》ぎ、家の繁栄のためだけに子を成し、育てる。

それではまるで人形ではないか。

「恋愛、してみたいな」

アンナは好きという感情を知らない。

乳母に聞かされた物語の中にヒロインの窮地《きゅうち》を救うヒーローがいる恋愛物語があった。

アンナははじめその物語があまり好きではなかった。子供には難しい——なんてことはない。展開としては良く言えば王道、悪く言えばベタなもので、すんなりと話の筋は理解できた。

ただ、ヒロインの気持ちに感情移入できなかったのだ。ヒーローに一目惚れし、会う度に胸が高鳴るその気持ちがアンナの想像の範囲外にあった。

「アンナお嬢様にはまだ早いかもしれませんねぇ」と、乳母は優しく微笑《ほほえ》みながら言っていた。

アンナは繰り返しその話をせがみ、理解しようと努めた。亡き母がその物語を好きだったらしく、面白いと思えたら母と気持ちを共有できると思ったためだ。

しかしいくら読み聞かせされても、ヒロインの気持ちは分からなかった。以降、アンナは好きという感情に興味を持っていた。

話によると、目が合うだけで胸が高鳴り、話をすれば自然と笑みがこぼれ、なにかの拍子《ひょうし》に身体が触れれば多幸感に包まれる。らしい。

乳母は「そうなったとき、すぐに分かる」と言っていたが、いくらイーノックを見ていても湧いてくるのは失望と怒りだ。恋を知らないアンナでも、これはそういった感情でないことはすぐに分かった。長く一緒に過ごせばまた印象も変わるかと思っていたが、何年一緒にいても彼に対する印象は良くならない。

目が合っても胸は高鳴らないし、話をすれば眉間に皺が寄り、なにかの拍子に身体が触れれば不快感に顔をしかめてしまう。

婚約者である以上、恋の感情が芽生えるのは彼であることが必然なのに、まるでその予兆はない。

貴族令嬢は政略結婚の道具であり、恋愛結婚なんて夢のまた夢であるという現実を知ってからは、より恋への憧れは強くなった。

それが叶うことはないが。

「今以上に険悪になって婚約破棄されるとか……は、さすがにないかな」

いくらイーノックでも、二人の婚約がどういう意味を持っているかは知っているはずだ。仮に婚約破棄しようとしても、周りに止められるだろう。

ため息を吐いたそのとき、馬車を覆う幌に影が差した。

「ん？」

それが何なのか。少しだけ幌をめくって確認しようとすると——不意に馬車が急停止した。

踏ん張りきれず、アンナは馬車の中でひっくり返った。

「痛たた……何なのよ、一体」

打ち付けた頭を抱えていると、乱暴に幌が開かれ、夜の外気が入り込んでくる。

「今日の戦利品はこいつか」

「へい。金目の物を持ってそうだったので」

「よし。荷物を探れ」

「え、ちょっと——きゃあ⁉」

馬車に踏み入ってきたのは、アンナのような貴族が一生関わることのない『いかにも』なゴロツキたちだった。彼らはアンナの胸ぐらを掴み、外に放り投げた。

「いたた……ちょっと何なのよ、あんたたち！」

「うるせーな。大人しくしてろ」

「財布はポーチの中です。支払いのとき、そこから取り出してました」

馬車の手綱《たづな》を握っていた御者が、アンナのポーチを指差すと、ゴロツキたちは手を伸ばした。

「おら、寄越《よこ》せ」

「やめて！」

抵抗したが、少女の力で男たちに勝てる訳がない。あっさりと奪われてしまう。

「御者！　あんたこいつらとグルだったの⁉」

アンナは御者を睨み付けるが、彼はただニタリと笑うだけだった。

「あんな遅い時間に動く乗合馬車なんてある訳ねーだろ。あるとしたら俺たちのような山賊だけ。覚えときな。世間知らずなお嬢様」

ゴロツキ――もとい山賊の言う通り、アンナは乗合馬車がやっている時間など知らなかった。今回のようにたった一人で乗るような機会があるとは想定されておらず、そういう教育は施《ほどこ》されていないためだ。

「誰か、誰か助けて！」

「やかましいぞ、声出すな」

「むーー！」

縛り上げられ、アンナは冷たい土の上に転がされた。洋服が汚れてしまったことに抗議の声を上げるが、目の前をきらりと光るなにかが通り過ぎ、はたと声を止めた。

「うるせーって言ってんのが聞こえねーのか？　大人しくしねーなら指の一本でも落としてやろうか？　ん？」

光るものの正体はナイフだった。刃に厚みがあり、月の光を鈍く反射している。切れ味は良さそうだがどこか薄汚れている。その汚れの正体が何なのかは知りたくもなかった。

「できねーと思うか？　山賊をナメんなよ」

こんな不衛生な刃物で切られたら、たとえ小さな切り傷であっても膿《う》んで致命傷になりかねない。アンナはぶるぶると首を振るい、声帯の振動を止めた。それに気を良くした山賊が無遠慮にアンナの頭を強く叩く。

「そうそう。最初からそうしとけってんだ」

「お頭《かしら》、こいつ金貨を持ってますよ！」

「本当にいいとこのお嬢様なんだな。他に金目の物は？」

手下の男二人が差し出した金貨に、山賊のお頭は目を輝かせる。

「いいえ、金貨が一枚と、馬車の支払いに使った釣りだけです」

「ちっ、シケてやがるな。もっといいもん持っとけってんだ」

お頭と呼ばれた男は舌打ちし、アンナを鋭く睨む。その視線が、彼女の胸元で光るペンダントに吸い寄せられる。

「ついでだ。こいつも貰《もら》っとくぜ。大した値は付かねーと思うが」

「！」

アンナが肌身離さず付けているペンダントは母の形見《かたみ》だ。金銭的な価値はないが、顔も知らないまま亡くなった母と自分を繋ぐ唯一の物だ。

（これだけは、ダメ！）

お金ならいくらでも持っていっていい。しかし、ペンダントだけは持っていかれる訳にはいかない。

「んー！」

てしまう。

「おわ!? この、暴れるんじゃねえ！」

山賊のお頭に頭突きを食らわせようとするが、簡単にかわされ、逆に組み敷かれてしまう。

「んー！ んーー！」

「うるさくするなっつっただろ」

為《な》す術《すべ》もなくペンダントを奪われてしまう。

（返して……返して！）

「おおっと。とんでもねーじゃじゃ馬だな」

アンナは持てる力を振り絞って暴れるが、せいぜい足をバタつかせるくらいが関の山だった。その程度では馬乗りになる大の男を退《しりぞ》かせることはできない。

「大人しくしてりゃ貰うもん貰うだけで済ませてやろうかと思ってたけどよ、ここまで暴れられると慈悲の気持ちもなくなっちまうよなぁ」

ナイフが高く掲《かか》げられる。その切っ先は、真っ直ぐアンナの心臓に向いていた。

「そんじゃあな、お嬢ちゃん」

（やられる！）

死を覚悟したその瞬間、森の方角から足音が聞こえた。

「おごっ⁉」

足音の人物は跳躍《ちょうやく》し、アンナを組み敷く山賊のお頭に蹴りを浴びせた。

相当な勢いが乗ったそれは軽々と山賊のお頭を吹き飛ばした。

「お、お頭……ぐぇっ⁉」

吹き飛んだ山賊のお頭に巻き込まれ、手下の一人が彼の下敷きになる。

「なんだテメェ！」

「通りすがりの者だ」

窮地を救ったのは、まだ少年と呼んで差し支えのない年齢の若い男だった。少年の初々しさに青年の逞《たくま》しさがほどよく交ぜ合わさっている。アンナよりも年上のようだが、そこまで離れていないように見える。

「お、俺たちにこんなことをしてタダで済むと思――」

手下がなにやら言っている間に、若い男は手下の懐《ふところ》に潜り込み、掌底《しょうてい》を食らわせる。

「おご……」

「お前らこそ、俺の村の周りでこんなことしてタダで済むと思ったのか？」

鳩尾《みぞおち》を押さえながら崩れ落ちる手下。どさりと倒れる音に隠れ、山賊のお頭が背後で起き上がっていた。ナイフを腰だめに構え、全員倒したと油断している若い男めがけて一直線に迫る！

「んんんー！（危ない！）」

「分かってる」

若い男は背後を見ることなく踵《かかと》を振り上げた。それが伸びた山賊のお頭の手をちょうど蹴り上げるような形になる。まるで背後が見えているかのようだ。

若い男の踵に弾かれ、ナイフが空に、ぽーん、と飛んでいく。

「あっ⁉」

丸腰になった山賊のお頭は急停止しようとするが、一度ついてしまった勢いはすぐには止められない。

若い男はその勢いを利用し、山賊のお頭の腕を引いてバランスを崩させ、足を引っかける。

「ぐぉ⁉」

為す術もなく転ぶ山賊のお頭。彼の頭上で若い男が手のひらを掲《かか》げていると、飛んでいったナイフがすとんとその手の中に収まった。それを倒れたままの彼の首元に当てる。

「まだ抵抗するか？」

「負けました！　降参《こうさん》です！　許してください……」

「よし」

許さんけどな、と付け加えてから、若い男は手慣れた様子で山賊たちを縛り上げる。

あっという間に三人の山賊を倒してしまった彼は、呆然《ぼうぜん》とその光景を眺めていたアンナに目線を合わせる。

「怪我《けが》はないか？」

「……」

「おい、大丈夫か？」

「あ、は、はい！　元気です！」

「そうか。ならよかった」

アンナの的外れな返事が可笑《おか》しかったのか、若い男はくすりと笑う。何気ない仕草だったが、その光景は妙にアンナの記憶に強く焼き付いた。

若い男は手を伸ばし、ペンダントをアンナに返した。

「これ。大切なモノなんだろ？」

「あっ、ありがとうございます」

「いいって。立てるか？」

「大丈夫で……きゃっ」

立ち上がろうとして、踏《ふ》ん張《ば》りが利かずアンナはよろめいた。自分の足が生まれたての子馬のようにぶるぶると震えていることにようやく気付く。

(彼が助けてくれなかったら、今ごろ私は……)

死んでいた。

色々な出来事が起こり過ぎて思考が硬直していたが、死の危機に瀕《ひん》したことをようやく理解し、震えが全身に広がっていく。

「大丈夫そうじゃないな……仕方がない」

「ひぇ⁉」

アンナが立てないと見るや、若い男は僅《わず》かに深呼吸をしてから彼女を背負った。ひょい、という擬音がぴったり当て嵌《は》まるほど軽々と持ち上げられ、アンナは素《す》っ頓狂《とんきょう》な声を上げる。

激しく動いていたせいか、男の体温はかなり熱い。それとは無関係に、アンナの体温も急上昇する。心臓が、外にまで音が聞こえてしまうのではと心配するほど激しく鼓動を鳴らし、数秒前まで死の危機に怯えていた心はどこかへ行き、今あるのは信じられないほどの多幸感だけだ。

（なに？　何なのこの感覚……）

「君、どこに行くつもりだったんだ？」

「リベリアの町です」

「ここからだと少し遠いな。夜も遅いし、今日は俺の村に泊まれ」

山賊が使っていた馬車をちらりと眺める若い男。それだけで、アンナがどのようにして連れて来られたのかを察したようだ。

「明日、本物の乗合馬車で帰るといい」

本物の、を少しだけ強調され、アンナは縮こまった。

「ありがとうございます……あの、お名前を伺っても？」

「俺はウィル。近くの村に住んでいる」

「ウィル……さま」

「仰々《ぎょうぎょう》しいな。ウィルでいい」

ウィルの名を口にしたアンナは、先程から感じていた熱と、心の中に溢れる多幸感の正体に気付いた。

――アンナお嬢様にはまだ早いかもしれませんねぇ。

乳母にそう教えられ、自分が理解することはできないと諦めていた感情。

目が合うだけで胸が高鳴り。

話をすれば自然と笑みがこぼれ。

身体が触れれば多幸感に包まれる。

その正体は。

(これが……これが、恋なのね)

▼

その後、なんとか無事に帰ってきたアンナを待っていたのは――父ジェレッドからの激しい叱責《しっせき》だった。

「山賊に襲われただと⁉　この馬鹿娘が！」

「……申し訳ありません」

確かに、御者の身元をよく確認しなかったことはアンナの落ち度だが、本《もと》を正せばそんな状況を作ったのはイーノックだ。

そのことはきちんと説明したが、ジェレッドはその部分だけさらりと流した。実に都合の良い耳だ。

「持たせた宝石は無事なんだろうな！」

「はい。それは先にイーノックが持ち帰っていたので」

「妙な醜聞《しゅうぶん》が立ってはかなわん。この件に関しては今後一切、他言禁止だ。いいな？」

娘の安否《あんぴ》よりも金品の無事を確かめ、娘の心配よりも家の名前に泥が付くことを嫌う。

これが貴族の『普通』なのだ。

「アンナ。お前はしばらく謹慎《きんしん》だ。自らの軽率《けいそつ》な行いを反省しろ」

「はい。申し訳ありませんでした」

「――待て。さっきからなにをニヤニヤしている」

「なんでもありません。失礼しました」

今のアンナには、どんな理不尽も罵倒も全く堪《こた》えない。

脳裏に鮮明に焼き付いたウィルの笑顔を思い浮かべるだけで、たちまち多幸感で胸がいっぱいになる。

村人ウィル。彼と添い遂げることができたなら、どれだけ幸せだろうか——と。

そんな未来を想像するだけでイーノックからの理不尽も、ジェレッドからの罵倒も笑って流すことができてしまう。

（まあ、無理なんだけどね）

同時に、それが叶わないことも分かっていた。

イーノックとの婚約はヒルデバルト家・ガルシア家の繁栄に繋がる、いわば事業の一環だ。

どれだけ関係が冷めていようと、どれだけ嫌っていようと、結婚しなければならない運命なのだ。

諦観《ていかん》の念を抱いていたそのとき、ジェレッドが再婚するという話が持ち上がった。

それはすぐに現実となり、ヒルデバルト家に二人の家族が増えた。

義母マーグレットと、義妹エヴリンだ。


「初めましてお義母様。アンナと申します」

「まあ、可愛い娘ができて嬉しいわ」

義母マーグレット。年齢は二十八歳。もともとは貴族の血を引く商家の生まれで、平民ではそうそう見かけない綺麗な金髪をしていた。

「ほらエヴリン。お義姉さんに挨拶は？」

マーグレットの後ろに隠れていた少女に、アンナは目を見開いた。

「初めましてお義姉様。エヴリンと申します」

まるで物語に出てくる姫のような綺麗な顔立ちをしていた。母親譲りの鮮やかな金色の髪が、顔を傾けたときに絹のようにさらりと流れ、不安そうにこちらを見る瞳は揺れていた。

年齢は十二で、アンナの一つ下だ。

「その、よろしくお願いします」

「こちらこそよろしくね」

エヴリンが震えながら差し出した手を、アンナはしっかりと握り返した。

「……優しそうな方でよかったです」

そう言って、エヴリンはふわりと微笑んだ。それだけで一枚の絵画になりそうな美しさだ。

「はっはっは。エヴリンは奥ゆかしくて可愛いな。アンナに爪の垢《あか》でも煎じて飲ませてやってほしいくらいだ」

「そんなことありません。お義姉様は凜々しくて……素敵です」

「なんと。エヴリンは性格まで優しいんだな」

ジェレッドはエヴリンの頭を撫でながら彼女を褒めそやした。その表情はアンナが見たことがないほどだらしなく緩んでいて、愛娘《まなむすめ》を溺愛する父親そのものの目だ。

エヴリンの可愛さを前にしては、厳格なジェレッドもこうなってしまうようだ。

それを自分にしてほしいとは全く思わないが、日頃から人々のことを下民と蔑んでいたにも拘わらず商家の娘――しかも未亡人と再婚したことには少なからず思うことはある。

とはいえ、やってきた二人に罪はない。

(普通の家族みたいに、仲良くできるといいわね)

可愛い義妹ができた――と喜んだのも束の間。

まさに握手を交わしたその日の夜に、アンナは図《はか》らずもエヴリンの本性《ほんしょう》を見てしまうこととなる。


「それではおやすみなさいませ、アンナ様」

「ええ、おやすみ」

部屋を立ち去るエミリィを見送ってから、アンナは自室のベッドの上に横になった。

「今日はエヴリンとお義母様と顔合わせをした。二人ともとてもいい人そうだったわね。明日はイーノックの執務の手伝いと、編み物と……」

今日起こった出来事と、翌日にやることを指折り数える。いつもならこの作業が終わる頃には眠りにつけるのだが、一向に眠気がやってこない。

「また眠れないわ」

山賊の一件以降、アンナは寝付きが悪くなっていた。自分では何でもないことと捉えていたが、身体は死の恐怖を覚えているようだ。

そういうとき、アンナは部屋を出て軽く散歩をするようにしていた。適度に気分を紛《まぎ》らわせ、身体を疲れさせると眠りやすくなるのだ。

外套《がいとう》を羽織《はお》り、音を立てないように部屋の扉を閉める。見回りの執事に気付かれないように迂回《うかい》しながら裏庭に出る。夜の散歩にはここが最適だとこの数日で学んでいた。

裏庭は人の目に触れない場所のため、生えている木々なども手が付けられていない。しっかりと手の行き届いた表庭と違い景観は悪いが、静かな雰囲気をアンナは気に入っていた。

適当に歩いていると、人の話し声がした。

(まさか……泥棒?)

山賊の一件を思い出し、身体が強《こわ》ばる。すぐに戻って見回りの執事に伝えようかと思ったが……ぼそぼそと聞こえる声が妙に高く、男性のそれではない。

(女の子?)

話し声は二人分聞こえており、どちらも女性のものだった。

泥棒とは思えない声を不審に思ったアンナは、身を潜《ひそ》めて声の主の元へと近付いた。

しばらく歩いていると、声がはっきりと聞き取れるようになる。

「どうエヴリン。やれそう?」

声の主は泥棒ではなかった。本日よりアンナの義母と義妹になったマーグレットとエヴリンのものだ。

(二人ともこんなところでなにをしているのかしら……?)

首を傾げていると、月明かりに照らされてエヴリンの顔が見えた。

「貴族の娘って聞いてたからちょっと警戒してたけど、あんなイモ女の居場所を奪うなんて楽勝よ。だって私の方が絶対に可愛いもの」

エヴリンは笑みを浮かべていたが、朝に見たものとは全く別種の笑顔だった。唇の端を大きく広げるそれは酷く歪んで見えた。

「見ててよお母様。あいつの婚約者を私の美貌の虜にしてみせるから」

「頼もしいわね」

「私、ああいう澄ました女が大嫌いなのよね。あんな女が私より上ってだけで腹が立って仕方ないわ」

（エヴ……リン？）

悪魔にでも乗り移られたのかと思うほどの豹変《ひょうへん》ぶりに目を何度も擦《こす》った。

山賊とは別の悪夢を見ているのかと、何度も頬を抓《つね》った。

しかし目の前の光景は変わらない。信じがたいが、これは現実なのだ。

「あの女の婚約者も、立場も、全部、ぜ～んぶ私のものにしてみせるから。そしてあの女はポイよ」

「ヒルデバルト家の財産があれば私たちは一生遊んで暮らせるわ」

ふふ――と、マーグレットは妖艶《ようえん》に微笑む。

「ジェレッドを警戒する必要はもうないわね。あいつ、もう私に夢中だから」

「ねえお母様。あのおっさんに気安く頭を撫でるなって言っておいてくれない?」

不快そうに顔を歪め、エヴリンはジェレッドに撫でられた部分に手を触れた。

「我慢なさい。せっせと私たちにお金を運んでくれるんだから」

「ちぇ。はーい」

「さあ、そろそろ戻りましょう」

屋敷に戻っていくマーグレットとエヴリン。こんな時間に誰かが出歩くとは思っていないようで、アンナに気付く素振《そぶ》りはなかった。

二人が裏口の扉を閉めたことを確認してから、アンナは茂みから顔を出した。

(嘘……でしょ)

先程の二人の会話が信じられず、アンナは軽い目眩《めまい》を覚えた。

あんなに人の良さそうなマーグレットと愛らしい妖精のようなエヴリンが、ヒルデバルト家の財産を狙っており、しかもアンナの立場を追い遣《や》る計画を立てている。

ある意味、山賊よりも恐ろしい光景を目の当たりにしてしまった。

(と……とにかく、お父様に報《しら》せなくちゃ)

翌朝、アンナはジェレッドに見聞きしたことをそのまま報告するが……。

「この馬鹿娘がぁ! あの二人が財産を狙っているだと? そのような嘘をよくも

言えたものだ！」

これまでにないほど顔を真っ赤にしたジェレッドに、アンナは怒鳴り散らされた。

――あいつ、もう私に夢中だから。

マーグレットが言っていた意味をようやく理解するアンナ。

ジェレッドはもはやあの二人を盲目的に信じ切っている。それを解くのは容易ではない。

「お父様。まずは冷静になって私の話を」

「くどい！」

冷たい水をかけられ、アンナはびしょ濡れになった。

「下民の血が混ざっているからそのような醜い嫉妬ばかりするのだお前は！」

「――」

この瞬間。アンナのジェレッドへの情は、完全にゼロになった。

説得を早々に諦め、自分で自分を守る算段を一人で立てることにした。

（聞いた感じだと、私を暗殺するとか、そういうやり方はしなさそうね）

男を誘惑し、思いのままに操る。それが彼女たちのやり方だ。

おそらくイーノックにも同様の手法を取り、アンナとの婚約を破棄させるつもりだろう。

ジェレッドのあの反応を見るに、イーノックとの関係が終われば利用価値なしとして家を追い出されかねない。

(婚約破棄に実家追放。それはマズいわね…………ん?)

そこまで考えてから――はたと思いつく。

(マズいの? 本当に?)

先日、がんじがらめの現状に絶望していた。婚約破棄と実家追放は、それらからの解放に他ならないのではないか。

(私の居場所を奪うって……それ、私にとってものすごくチャンスじゃない?)

エヴリンに婚約者の立場も含めてすべてを奪わせれば――あのとき助けてくれた村人・ウィルの元に行ける。

エヴリンを放置すればヒルデバルト家に遠からず破滅がやってくるが……ジェレッドへの情ももはやカケラも残っていない。自分を大切にしない人を、大切になどできはしない。

「これだわ!」

「⁉　アンナ様、どうされたのですか。急に大声を出して」

ちょうどベッドシーツを交換していたエミリィが、びくりと肩を震わせた。

「なんでもないわ。ちょっといいことを思いついただけよ」

窓の外を見やると、ちょうどエヴリンが軒先《のきさき》でお茶を嗜《たしな》んでいた。その様子を見下ろしながら、アンナは不敵に微笑む。

（エヴリン。あなたの望みは私が叶えてあげるからね——お望み通りね）

そしてアンナはエヴリンの計画を陰から手伝いながら、雌伏《しふく》のときを過ごした。

それが実を結ぶのは、五年後の話となる。

第三章　ようこそセイハ村へ

「到着、と」

ゴトゴトと乗り心地の悪い馬車に揺られること五日。途中、山賊に襲われたことを思い出して何度も吐きそうになったが、ウィルとの美しい思い出に浸ることでなんとか耐えた。

掲げられた看板には『セイハ村』と書かれている。この場所こそ、五年前にアンナの窮地を救ったウィルの住む村だ。

入口からざっと見渡しただけで全景が収まるほど小さな村で、家の総数は二十ほど。かなり辺鄙《へんぴ》な場所にあり、一度隣国に渡って馬車を乗り継がないと辿り着くことはできない。

五年前は半日も滞在しなかったが、それでもアンナは懐かしい雰囲気を覚えていた。今日からここが彼女の住む村となる。

「ウィルはいるかしら」

おぼろげな記憶を頼りにウィルの家があった場所に向かうと、木で組まれた小さな家を発見した。軒先では、薪《まき》割りをする男性の後ろ姿が見える。

背中が一回りほど逞しくなっているが、見間違えるはずがない。ウィルだ。

「ウィル！」

名前を呼ぶと、ウィルがアンナの方を振り返った。五年ぶりに見る彼は、以前は見られた少年らしさはほとんどなくなり、精悍《せいかん》な顔つきの青年に成長していた。

「ん。君は……？」

「覚えていますか？　五年前、山賊から助けていただいたアンナです」

「…………。ああ、久しぶり」

少し素っ気ない態度だったが、覚えていてくれただけでアンナは飛び上がりたくなるほどの喜びでいっぱいになった。

「突然どうした。というか、その格好は……？　君は伯爵家だったと聞いたはずだが」

「はい。先週までは伯爵家の娘でした」

「先週までは？」

「ええと……」

声をかけたはいいものの、なにを話すかは全く考えていなかった。

どう説明すればいいか。どこから話せばいいか。迷っているうちに心拍数が上がり、浮かんだ傍から言葉がほつれて消えていく。

（ええい、女は度胸よ！）

アンナは単刀直入に言うことにした。手を握手の形にして腕を伸ばし、九十度のお辞儀《じぎ》をする。

「あなたのために家から追い出されてきました！　あなたに助けていただいた五年前からずっとお慕いしていました！　私とお付き合いしてください！」

「は」

ウィルの返答はたった一文字。言葉ですらなかった。

アンナの熱を帯びた告白とは正反対で、震えを感じるほどに冷たかった。

「伯爵籍を捨ててきたってことは………なるほど、そういうことか」

「え……？」

なにかに納得したウィル。アンナが恐る恐る顔を上げると、彼は驚くほど冷え切った目をしていた。

「断る」

「へ」

「断ると言ったんだ。村に移住するのは勝手だが、俺に関わらないでくれ」

切り終わった薪をさっと拾い集め、ウィルはぴしゃりと自宅の扉を閉めた。

ひゅう、と冷たい風に頬を撫でられ、アンナは今、なにが自分の身に起きたのかを言葉で再確認した。

「フラ……れた……？」

▼

「はい、これで手続きが完了しました。ようこそセイハ村へ」

「……どうも」

ウィルにフラれてしまったことは、アンナの心に大きな大きな影を落としていた。

普通に断られたのならまだいいが、嫌悪感をたっぷりと含んだ明確な拒絶だった。

（性急過ぎたのよね……もっとちゃんと交流を深めてから言えば……あぁ……）

いくら後悔してももう遅い。時間を巻き戻す魔法は存在しないのだから。

そして現実逃避もしていられない。ウィルとどうなろうと、どちらにせよアンナはもう平民として生きていくしかないのだから。

（くよくよしてちゃダメ！　まずはここで生活基盤を整えないと）

アンナはウィルへの気持ちを一旦切り替え、この地で生活基盤を築くことに集中する。

「ほっほっほ。若いですなぁ。頑張ってくだされ」

アンナの入村手続きを眺めていた村長が、不意にそんなことを言ってきた。

これから村での生活を頑張れ、という意味だろうとアンナは特に気にすることなく礼を言う。

「ありがとうございます。頑張ります！」


「よいしょっと」

宛がわれた家に僅かばかりの荷物を置き、アンナは一息ついた。

正方形の形をした部屋だ。大の大人が横になって一・五人分ほどの広さの中に木組みのベッドとテーブル、椅子、あとは何に使うか分からない大きな壺《つぼ》があった。

中をぐるっと見渡し、アンナはぽつりと独り言《ひとごと》ちた。

「狭《せま》……ボロ……」

ヒルデバルト家の裏庭にある資材置き場よりも狭く、そして古ぼけている。小さな部屋に寝床と炊事《すいじ》場が押し込まれるような形になっているのだから余計に狭く感じてしまう。壁のあちこちから隙間風と共に道端でお喋《しゃべ》りしているご婦人たちの声が聞こえてくる。壁が薄いのか、造りが雑なのかは建築知識を持たないアンナには判断できなかった。

「ベッドがあるのはありがたいけれど……硬……」

備え付けのベッドにクッション性はまるでなく、床と大差ない代物だ。

そもそも貴族の家と平民の家を比べること自体が間違っているのだが——アンナの主観としてはそういう感想しか湧いてこないのは仕方のないことだ。

直前まで別の人物が住んでいたようで、建物そのものが傷んでいないことだけが救いだった。

「はぁ。なんで嫌われたんだろ」

端の壁に膝を立てて座り、アンナは先程のウィルを思い浮かべた。切り替えたはずなのに、思いっきり引きずっていた。

いきなり告白が成功するとは思っていなかった。ただこちらの意思を伝え、せめて少しは意識してもらえれば……くらいの算段だった。なのに意識してもらうどころか、なぜか嫌われてしまった。

あの冷たい目を思い出しただけで、アンナはときめきとは別の理由で胸の鼓動が速まった。

「っていうかここの床、けっこう汚れているわね」

一見すると綺麗に見えるが、床をなぞると埃や砂がけっこうな量、指に付着した。

アンナはウィルに拒絶された現実を忘れる意味も兼ねて、掃除《そうじ》を始めることにした。

「ええっと。水はどこかしら」

雑巾《ぞうきん》を片手に炊事場を中心に見て回る。貴族の生活では水魔法が込められた札を使うのが常識だが、それらしきものはここにはない。

「聞くしかないわね」

アンナは外に出てお喋りに興《きょう》じていた中年の女性たちに水の在処《ありか》を尋ねた。

「水？　ああ、共同井戸なら向こうにあるわよ」

「分かりました。ありがとうございます……あの、私の顔になにか？」

女性たちが物珍しそうにアンナを見るので、思わずそう尋ねる。

「あなたよね？　ウィルに告白した人」

「どうしてそれを⁉」

あのとき、あの場にはアンナとウィルしかいなかったはずだ。

盗み聞きでもされていたのかと訝《いぶか》しむと——中年の女性たちはおかしそうに笑う。

「やだねえ。あんな大声出してたら嫌でも聞こえちまうよ」

「……へ」

どうやら緊張のあまり、気付かないうちに相当な大声を出してしまっていたらしい。

畑で作業をしていた者、往来の掃除をしていた者、山菜の下ごしらえをしていた者、肉や魚を干していた者。全員が手を止め、何事かと空を見上げていた——とのこと。

「若いっていいわねぇ。頑張りな！　応援してるからね」

「は……はは」

（恥ずかしい……穴があったら入りたい！）

中年の女性たちに辱《はずかし》め（自業自得《じごうじとく》）を受けたアンナは、逃げるように小走りした。

どうやらアンナの告白は本当に大勢の人の耳に届いていたらしく、あちこちから声をかけられる。

遠くで畑を耕している逞しい初老男性に手を振られたり、泥で遊んでいる子供たちにも声をかけられたり。

（そういえば村の居住登録をしたとき、村長さんにも「頑張ってくだされ」って言われたけど……あれってそういう意味だったの⁉）

アンナは赤くなった頰を隠すように、水桶《みずおけ》で顔を隠しながら井戸のある場所へと急いだ。

「あ、告白のおねーちゃんだ」

「頑張ってね、応援してるわよ～」

（ひい～！）

手を繫いで歩く親子の横を足早に通り過ぎ、ようやく目的地に到着する。

「ええっと。桶を落として水を汲み上げるのよね」

歴史の教科書でしか見たことのないそれを物珍しげに観察しつつ、桶（正確には釣瓶《つるべ》と呼ぶ）を井戸の中へ投げ入れる。

「う……」

初めて水を汲《く》んでみて、これがかなりの重労働であることに気付く。

水を地上に出しただけで終わりではない。ここから自宅まで運ぶという手間も発生する。

持ってきた桶に水を移してよたよたと歩いていると、せっかく汲んだ水が弾みでこぼれるような事案も発生した。

慎重に歩けば大丈夫だが、それでは帰りが遅くなってしまう。

「む、村人って……大変なのね」

セイハ村に到着して僅か数時間で、アンナは自分がいかに困難な道を選択したかを理解した。

「もう少し……もう少し……あっ」

休憩を挟みながら家まであと少しに差し掛かった頃、アンナはなにかに躓《つまず》いて前のめりになった。

「おっと。大丈夫ー？」

「す、すみません」

ちょうど前から歩いてきた女性に支えられ、なんとか事なきを得た。

「危ないところだったねー、アンナ」

「あの、どうして私の名前を？」

アンナよりも背の低い女性――年齢的に言えば少女、と言った方がいいかもしれない――は、歯を見せながら笑う。

「私はミア。村長からしばらくアンナの面倒を見てほしいって頼まれてるんだ」

「それはどうも、ありがとうございます」

おそらく年下の少女に世話役を任せられる。村長の目から見て、自分はそんなにそそっかしい人物に見えたのだろうか。

（けど実際、水汲みも満足にできなかったし……）

内心で凹《へこ》んでいると、持っていた桶にミアが手を伸ばす。

「水、重いでしょ。持つよ」

「いえ、そんな――」

「遠慮しないでいいから」

アンナが両手で抱えていたそれを、ミアは片手でひょいと持ち上げた。アンナよりも背が低い少女なのに、かなりの力持ちだ。

（いや、私の力がなさ過ぎるだけだわ）

まずは力を鍛えないと――と胸中で決意しながら、アンナは軽やかに歩くミアの後を追った。

「よーし。だいたい一段落したね」

「ありがとうございます、ミアさん」

ミアの手伝いのおかげで、その日のうちに掃除は終わった。

大した作業ではなかったが、これまで労働の「ろ」の字も知らないアンナにはとんでもない重労働だ。今すぐベッドで横になりたいが、人の目がある手前それは憚《はばか》られた。

「普通に喋ってくれていーよ。この村では年齢とか上下関係とか気にする人なんていないし」

「じゃあ……ありがとう、ミア」

「どういたしまして～」

に、と口を開いて笑うミア。彼女は空《から》っぽの炊事場を眺めながら、続けて尋ねてくる。

「ところで今日のご飯はあるの？」

「……ないです」

掃除が終わったら考えようとしていて、すっかり忘れていた。

もしアンナ一人だったら間違いなく今日中には終わっていなかった。無計画にもほどがある杜撰《ずさん》さだ。

ちょうどいいとばかりに、ぱん、とミアが両手を叩く。

「じゃあウチにおいでよ。歓迎会やろ！」

「そんな。迷惑でしょう？」

「なに言ってんの。私らもう友達じゃん」

「友……達」

ミアの言葉が、まるで遠い異国の言葉のように聞こえた。

貴族社会で友情を築くのは極めて難しい。子供——特に娘は、親の思惑によって付き合う人間を選ばされるからだ。

社交パーティに出れば様々な人とそれとなく話はするが、深い付き合いはしないし、できない。それが、アンナが十八年間過ごしてきた貴族の『普通』だった。

出会ってたった数時間で友達と言うミアは、アンナにとってはとても珍妙な人物に見えた。

（けど……嫌じゃない）

「本当に……行ってもいいの？」

「もちろん。そう言ってるじゃない」

変なアンナ、とミアはけらけらと笑う。貴族社会では歯を見せて笑うのははしたないとされ、マナー違反だと注意されていたが……今のアンナの目にはその笑顔がとても魅力的に映った。

「ありがとう、ミア」

お返しとばかりに、アンナも笑う。とても爽快な気分だった。


ミアの家はアンナの家から五分ほどの場所にあった。

「お邪魔します……」

外から見た造りこそアンナの家と全く同じだったが、内装は別物だった。立て板で室内をいくつかの区画に分けており、奥は見えないように工夫されている。

炊事場には一人の男性が立っており、ちょうどこちらを振り返るところだった。

「ミア、おかえり」

「ただいま～」

ミアは彼の元に駆け寄り、飛びつくように抱きつき、頬にキスをした。

「アンナ、紹介するね。私の夫ケリックよ」

「初めましてアンナさん。ケリックと申します」

「どうも初めまして、アンナです……って、ミア、結婚してたの⁉」

「うん。私ももう十八だし」

「そ、そっか……」

勝手に独身だと思っていたが、違ったようだ。

「というか、同い年だったんだ」

「年下だと思ってたの⁉　ひどいよアンナ～」

ぽかぽかとアンナを叩くミアだったが、すぐにケリックに止められてしまう。

「ミア、そこまでにしておきましょう。食事が冷めてしまいます」

ケリックはミアとは対照的に落ち着いた大人の雰囲気を醸《かも》し出していた。仕草や口調なども上品で、社交パーティにいても何ら不自然ではない。

「さあアンナさん。ささやかな物ですが召し上がってください」

「ありがとうございます」

（いろんな人がいるのね）

ぼんやりとケリックを眺めていると、ミアに裾を引っ張られる。

「ちょっとアンナ。うちのケリックが格好いいからって見とれたらダメだよ」

「み、見とれてないから！」

「そうですよミア。アンナさんには意中の方がいらっしゃるんでしょう？」

「うっ」

例の告白は、ケリックにまで聞かれていたようだ。自分は一体どれだけ大きな声を出していたのだろうか……と、アンナは数時間前の自分を叱りたくなった。

「そうそう！　その話聞きたかったんだけど」

椅子に座るよう促され、ミアは至近距離でアンナに迫った。

「あの塩男――あ、ウィルのことね。あいつと前に会ったことあるの？」

「塩男……」

確かに今日のアンナに対しては冷たい――いわゆる塩対応だったが、そのあだ名のセンスにはさすがに閉口してしまった。

「ミア。まずは食事を食べてからにしませんか？」

「ん。そうだね」

「では、食事の前の祈りを捧げましょう――いただきます」

「はぁ。お腹いっぱい」

食事はどれもアンナが初めて食べるものばかりだった。

野菜とキノコが煮込まれたスープ、黒いパンに猪肉《いのしし》。食べ慣れない味に驚きはしたものの、噛み応《ごた》えがあってとても美味だった。

（ヒルデバルト家のシェフは『平民の料理は臭くて食べられない』なんて言っていたけれど……すごく美味しいじゃない）

味もさることながら、細かなマナーを考えずに食べられることがアンナにとってはとても気楽だった。

「さて。お腹も膨《ふく》れたことだし、恋バナを！」

食事の余韻《よいん》に浸る間もなく、ミアが再び距離を詰めてくる。その目はとてつもなくキラキラと輝いていた。

（こういう話が好きなのは貴族も平民も同じなのね）

小さな共通項を見つけてアンナは思わず微笑ましい気持ちになった。

「きっかけは五年前なんだけど、その頃、私は乗合馬車で――」

食後の飲み物で喉を少しだけ潤《うるお》してから、今も鮮明に残る記憶を語って聞かせる。

「……という訳なの」

「へぇええ。あいつがそんなことするなんて。なかなかやるじゃん。まあ、うちのケリックには遠く及ばないけどね」

さりげなくノロけつつ、ミアは感心したように頷いていたが——少ししてから「うん？」と首を傾げた。

「というかあいつ、警備係なんてやったことあったっけ？　しかも村の外だよね」

この村は分業制になっている。そこまで細かく分かれている訳ではないが、なにか特別な事態でも起こらない限り決められた枠を越えることはあまりない。

「……」

「ケリック？　どしたの神妙な顔して」

「ああ、いえ。何でもありませんよ」

ミアが声をかけると、ケリックはすぐに柔和《にゅうわ》な笑みに戻った。すっかり暗くなった夜空に浮かぶ月を眺め、

「もう夜も更けてきました。アンナさんもお疲れでしょうし、そろそろお開きにしましょう」

「ん、そうだね」

「ごちそうさまでした」

村の中に時計はなく、村人たちは太陽や月の位置でざっくりとした時間を計っている。

これもアンナがそのうち覚えなければならない技術の一つだ。

「帰りは送りましょう」

「いえ、すぐそこですし大丈夫です」

「そうはいきません。侵入者の類《たぐい》は心配ありませんが、ランタンもなしに夜道を歩くのは危険です。ミアも一緒に行きますよ」

「うん！」

心配性だな、と思いつつ外に出たアンナは、すぐにケリックが言っていた言葉の意味を理解した。

「暗っ……」

家を一歩出ると、そこには闇が広がっていた。アンナがこれまで経験してきたどんな夜道よりも暗い。

いくつかの家の明かりがついているが、光源としてはあまりにも乏しい。

(そうか。常夜灯《じょうやとう》がないからこんなにも暗いのね)

ヒルデバルト家には当たり前にあったものがない。こういった違いに、これから何度も驚くことになるのだろう。

「今日は月も出ていませんからね。明かりがなければ道を歩くことも難しいですよ」

「すみません、世間知らずで」

「いえいえ」

ケリックが持つランタンだけが唯一の光源の中、三人で夜道を歩く。明るいときはたった五分で辿り着けた道が、とても遠くに感じた。

「アンナさん。一つお伺いしたいのですが」

「はい、なんでしょう」

「先程のお話の中で、もともと貴族だったとおっしゃっておられましたね。家を追放されたことは遺憾《いかん》ですが、他の家の養子になるという手段もあったはずです。それをせず、どうして村人になったのですか？」

「私が貴族である限り、ウィルの元へは行けないからです」

アンナは即答した。本当はもう少し取り繕おうと思ったが、既に村の大半の人々に気持ちを知られている状態で言い訳をしても仕方がない、と開き直っていた。気恥ずかしさはあったものの、それも今さらだ。

「それだけでしょうか？」

ケリックは立ち止まり、アンナの方を向いた。暗闇のせいか、その表情が少し険しいように見えた。

「はい。私の目的はウィルだけです」

「……」

「……」

「……そうですか」

にこ、と微笑むケリック。

「ストップストップ！　うちのケリックと十秒以上見つめ合うの禁止！」

二人の間に、ミアが割って入った。

「アンナは可愛いから三秒にしようかな。ドロドロの三角関係が始まっちゃうよ」

「始まらないわよ」

冗談で言っていると理解しつつ、アンナはしっかりとツッコミを入れた。

「不躾なことを聞いてしまい、申し訳ありません」

「いえ、大丈夫です」

話をしているうちに、家まで辿り着く。

外観が全く同じなので、自分の家と分かるような目印を付けておくべきかもしれない——と、アンナは密かに考えた。

「それじゃあアンナ、おやすみ。明日は畑仕事を教えるね」

「ありがとう。よろしくね」

ケリックの腕にしがみつくミア。

仲睦《むつ》まじく歩く二人を、アンナは羨ましく思った。

「疲れたぁ～。けど、楽しかった」

ウィルにフラれたことは大きな大きなマイナスだが、村人生活初日としてはまずまずではないだろうか。

備え付けのベッドに横になる。予想していた通りの硬さにアンナは顔をしかめた。

「これで眠れるかしら……」

ただでさえ眠りにくいのに、寝心地の悪いベッドを使っていては不眠症になってしまうのではないかと危惧《きぐ》してしまう。

とにかく横になり、眠気が来るまでじっと待つことにした。

「それにしても……みんな温かいわね」

村人たちの顔を思い浮かべる。反応は様々だったものの、みな一様《いちよう》にアンナを
——色々な意味で——応援してくれていた。

もしここが貴族街であれば、アンナがどれだけ水汲みで苦労したとしても誰も助

けてはくれなかっただろう。それどころか、井戸の場所も知らないのかと嘲笑《ちょうしょう》の的になっていたことは想像に難《かた》くない。

村人としての苦労はもちろんある。

家の中はまだ快適には程遠く、水汲みは重労働、食材は季節によって手に入りにくいこともあり、特に冬は蓄えがなければかなり厳しいとも聞いた。

しかし、それらを差し引いてもアンナは今の生活が好きになりそうな予感がしていた。

「村人生活。貴族だった頃よりいいか……も……すぅ」

慣れないことの連続で疲れていたのか、目を閉じると一瞬で眠りに落ちることができた。


――ちょうどアンナが眠った頃、村の入口ではウィルが夜道を歩いていた。

セイハ村はこの規模にしては珍しく、村と外の境界に防壁を設けている。外堀もあり、一定時間を過ぎれば入口の門は閉ざされるため夜の間は入ることもできない。

一般的な村に比べれば安全度はかなり高いと言えた。

「こんばんは。夜の散歩でしょうか？」

「ケリック」

ウィルが顔を上げると、正面にはミアの夫、ケリックがいた。

「なぜあの女を村に通した」

「規定を全部クリアしていましたので。危険はありません」

「しかしあいつは俺に……」

「それについては調査不足でした——なにせ、既知《きち》の仲とは知らなかったもので」

ケリックが眉間に僅かに皺を寄せると、ウィルはあからさまに肩を揺らした。その様子はまるで隠していたイタズラがバレた子供のようだ。

「聞けば山賊に襲われ、あわやというところであなたが救助に入り山賊たちを制圧したとか。その様子はまるで絵本の中に出てくる白馬の王子のようだった、と彼女はおっしゃっていました——美談ですね？」

「……」

「それが起きたのが五年前。少々古い話ですね？　できればその当時に知っておきたかったものです」

「……」

ウィルはなにも答えず、しばらく沈黙が場に舞い降りた。それを破るように、彼はぽん、とわざとらしく手を叩く。

「おお。言い忘れていたことをたった今、思い出した」

「ウィル。あなたはご自身がどういう立場か……」

「分かった！　すまん！　今回の件は俺が悪かった。だが、俺はあいつと関わる気はないからな」

小言の気配を感じたウィルはケリックの話を遮り、顔の前で手を振った。

「あいつは貴族籍を捨てたと言っていた。俺のことを知っていなければわざわざ貴族から平民に下ろうなんて思うはずがない」

「それについては今後調査を進めていきたいと思います。もしウィルが懸念《けねん》しているような意図《いと》があって村に来たとすれば、そのときは改めて対処いたしますので」

「ああ、頼む」

ウィルは忌々《いまいま》しげにアンナの家の方角を睨んだ。

「俺に一目惚れしただと？　そんな話、信じてたまるか……！」

第四章　挨拶

「ん～」

翌朝。鳥の鳴き声と共にアンナは目を覚ました。

相当深く眠ったようで頭の中がとてもすっきりしている。閉めた窓の隙間から漏れ入る光が、部屋の中を薄《うっす》らと照らしていた。全開にすればさぞ気持ちの良い日光を浴びられるだろう。

まずは母の形見のペンダントを身に付けようと手を伸ばす。

「うが」

その瞬間、全身を支配する痛みに思わず身体を丸めた。

「な……に、これ」

痛みは我慢できないほどではない。ない、が……医学の知識を持っていないアンナはこれが放っておいても大丈夫なものなのかが分からなかった。もしなにかの病気に罹《かか》っており、動くことで悪化するならば動かない方が賢明だ。

とにかくじっと、痛みに堪えるしかなかった。

「おっはよーアンナ。起きてる――って、どうしたの」

明るい声でミアが入口の扉を開いた。鍵がないことに不安を覚えていたが、今だけはそのことに感謝する。

「ミア……お医者さんを、呼んでほしいの」

「どこか痛むの？」

「うん、全身が……痛いの」

「全身？」

「待って、今は近付かないで。うつったら大変だから」

接近しようとするミアを、右腕で制する。痛みのせいでそんな簡単な動作にすら一苦労してしまった。

「……ねぇアンナ。聞きたいんだけど」

「なに」

「ここに来るまで、運動とかしたことある？」

「社交ダンスとかなら」

「それって肩で息をするくらい疲れる？」

「いいえ、そこまでは」

そういう種類のダンスもあるが、アンナは比較的ゆったりしたテンポのものしか学んでいなかった。

これは一体何の質問だろうか。話の意図が読めず、アンナは混乱した。

「アンナ。その痛みの原因なんだけどさ」

「分かるの？」

「分かるっていうか、ただの筋肉痛だと思うよ」

「……………………へ？」

たっぷりと間をあけたアンナは、そんな間抜けな反応しかできなかった。

「あっははははは！」

「もう、笑わないで」

「ごめんごめん。けどまさか、筋肉痛を病気と思うなんて思わなくて」

目尻に涙を浮かべながら、ミア。彼女の指導に従い軽めのストレッチをすると症状はかなり緩和された。痛みの正体は筋肉痛で間違いない、ということになるが……。

（まさか水汲みと掃除しただけでそんなことになるなんて……）

筋肉痛を経験したことがない訳ではない。初めて乗馬した翌日から数日間、内腿《うちもも》の痛みに悩まされた。それと今回の痛みの原因が同じであるとは結びつきもしなかった。

これまでの自分がいかに運動をしてこなかったかを、アンナは嫌と言うほど分からされた。

できれば一日ベッドに転がっていたいくらいの気分だったが、アンナはもう村人なのだ。働かざる者、食うべからずを地でいく立場になった以上、甘えは許されない。

「ついたよ。今日はここの仕事を手伝ってもらうね」

ミアに案内されたのは小さな広場だった。何人かの女性がそれぞれ作業をしている。

「畑仕事って言ってなかったかしら」

「ホントは種まきをやってもらおうと思ったんだけど、辛そうだからこっちにしたの」

気を遣われていたようだ。どんな仕事でもどんと来い――と言いたいところだったが、今日だけはミアの配慮がとてもありがたかった。

歩いている最中、見慣れないものを発見した。画家が使うような木組みのキャンバスの中央に、広げられた獣の皮が引っ張られた状態で結びつけられている。

「ねえミア。あれはなにをしているの？」

「猪の皮を干してるの」

「何のために？」

「素材にするためだよ。服とか靴とか鞄とか、色々使えるようにするにはああいう加工をしないといけないの」

「へぇ……！」

革製品は貴族の男性に人気の商品だ。値は張るが手入れさえしっかりすれば世代を経《へ》ても使える。アンナの実家にも革製品はいくつかあり、そのほとんどが先代から受け継いだ物だと聞いていた。

「あんな風になっていたのね」

アンナはこれまでに何度か物知りと言われたことがある。実際勉強は好きだったし、知らないことを知りたいという好奇心は強い方だった。しかしアンナは、これまでに得てきた知識の範囲の狭さを痛感した。

少なくとも、村人の中では世間知らずに分類されるだろう。

今のままでは日々の生活すらもままならない。もしもの話だが、昨日ウィルへの告白をオーケーされていたとしても、その後に幻滅されていたことは想像に難くない。

『え……こんなことも知らないの？』

『無理。俺たち別れよう』

一度受け入れてもらった分、そのショックは最初に断られるよりも大きかっただろう。

（これは私の生活基盤を支える技術であると共に、花嫁修業も兼ねているわ。頑張らないと！）

そう思うことで、より気合いが入る。

「あ、塩男。おはよー」

「そのあだ名で呼ぶなと何度言えば分かる」

「!?」

自分の世界に入っていたところにウィルの声が鼓膜《こまく》を震わせ、現実に引き戻される。

昨日と同じく薪割りをしていたのか、背負っている籠《かご》の中にはちょうどいいサイズに割られた薪がたくさん入っており、手には斧を持っている。

ちょうどウィルのことを考えていたところで彼が現れ、アンナはなんとなく運命めいたものを感じた。

「アンナ。なにも言わなくてもいいの？」

「うっ……」

とん、とミアに背中を押されるアンナ。

「……」

「こら塩男。黙って立ち去ろうとしない。同じ村人なんだから仲良くしないとダメでしょ」

ミアはこちらを無視して脇を抜けようとするウィルの襟首《えりくび》をむんずと掴み、アンナの前に立たせた。

「……よぉ」

「あ、う」

ミアに言われた手前、挨拶をしてくれた。目線は相変わらず冷たいままだが、それだけでアンナの心は昇天しそうなほど舞い上がっていた。

（まずは朝の挨拶よ！　それだけ言えれば今日は満点だから！）

「わ……」

「わ？」

「私、絶対にあなたのこと諦めないから！」

昨日に続いて、アンナの声は村中に響き渡った。


「それでね、塩男がアンナを無視して通り過ぎようとしたから、せめて挨拶だけはさせようとしたの！　そしたらあの台詞を言ったの！」

その日の夜、再びミアの家に招かれた。

ミアは食事を用意するケリックに、今日の出来事――アンナの奇行――を吟遊詩《ぎんゆうし》人《じん》のように話して聞かせている。

「それで、ウィルはどうしたんですか？」

「ポカーンとしてたよ！　あいつもあんな顔するんだね」

「他の方たちは？」

「微笑ましいものを見るような目してた！」

魂が抜けかかっているアンナは、二人のやりとりがどこか遠い世界のことのように思えた。机に突っ伏したまま小刻みに痙攣《けいれん》するアンナに、礼儀作法がどうのこうのと考える余裕はなかった。

「しにたい」

「ごめんごめん！　もう言わないから」

――と言いつつ、ミアは目尻から涙が出るほど笑っている。

彼女は鬼かなにかなのだろうか。

「けど、なんであんなこと言ったの？」

「緊張しちゃって」

「緊張ってレベルじゃなかったと思うけど」

「緊張ってレベルじゃないくらい緊張した結果、ああなったの」

「まあ確かに、アンナには特に冷たいよねー。なんでだろ？」

アンナはもともと物怖《ものお》じしない性格だった。相手が公爵家だろうと緊張せずスムーズに話せる。

そのはずなのに、ウィルを前にすると身体が強ばり、動悸《どうき》が止まらなくなってしまうのだ。恋は人をおかしくさせる――なんて話を聞いたことがあるが、アンナはそれが本当のことであると身を以《もっ》て理解した。

「もーちょっと愛想《あいそ》良くするように今度言っといてあげるよ！」

「いやいやいやいや、私が悪いだけだから」

ウィルに迷惑はかけたくない。これは彼のせいではなく、自分の心の問題なのだ。

はぁ、とアンナは大きくため息を吐いた。

「このままじゃマズいわね」

顔を見るだけで緊張してしまうようでは、添い遂げるどころの話ではない。死活問題だ。

「それじゃ、少しずつ慣らしていかないとね」

「そうしたいのはやまやまだけど」

「大丈夫。私に任せてよ」

ミアはいつも通り屈託のない笑顔を浮かべつつ、握った拳を勢いよく天に伸ばした。

「明日からは村の仕事と一緒に、塩男に慣れる訓練もしよう！」

翌日からアンナは、畑仕事の前に薪割り場に連れて行かれることになった。

「あいつは今の季節、だいたい薪割りか荷運びをしてるよ」

「季節によって仕事内容が違うの？」

「うん。男の人は薪割りとか買い出しとか警備とか、その辺りを持ち回りでやってるんだよ」

建物の陰からこっそり広場を覗き込むと、ミアの予想通りウィルが作業の真っ最中だった。

小ぶりな斧を使って木の断面に刃を入れ、切り株の上でトントンと叩くような要領で木を次々に割っていく。

「あんな風にやるのね、薪割りって。てっきり巨大な斧を大上段から構えてパッカーンってするものだと思っていたわ」

「あのサイズの薪をそんな割り方したら危な過ぎるでしょ。それよりほら、挨拶してきなよ」

「う、うん……」

ウィルに毎日挨拶をすること。それがミアから受けた課題だった。

アンナは物陰から一歩踏み出し、彼の元へ一直線に歩み寄る。

「……ん」

接近に気付いたウィルと目が合った瞬間、アンナはその場でターンを決め、元いた物陰へと戻っていく。

「ふぅ」

「なにしてんの」

「あいたっ」

戻ったアンナを出迎えたのは、ミアのデコピンだった。

「挨拶は？　ダンスの練習をしに来たんじゃないんだからね」

「わ、分かってるんだけど……」

頭では理解していても、どうしても緊張が勝ってしまう。

「ほら、もう一回」

とん、と背中を押され、アンナは物陰から追い出された。

ウィルは薪割りの手を止め、じぃ……、とアンナを凝視している。

貴族だった頃、アンナは緊張とはおよそ無縁の生活を送っていた。

勉学や弁舌も長《た》け、相手が誰であろうと物怖じもしなかった。父であるジェレッドからはどうして男に生まれてこなかったのだ、と叱責されたこともある。

(収まれ、胸の動悸ぃ……！)

外に聞こえるくらい心臓が早鐘《はやがね》を打っている。頭がくらくらするほど脈が速くなっていることを自覚する。

「……」

ウィルの前で固まるアンナに、ミアが助け船を出した。

ウィルに向かって唇と大きなジェスチャーで「挨拶して！」と伝える。

(なんで俺が……)

ウィルは渋々ながら、アンナにぶっきらぼうに告げる。

「よぉ」

「お……おはようございましゅ！」

(噛んだ)

(噛んだ)

「あ……うあ……」

ウィルとミアの思考が一致した瞬間、アンナは風を纏《まと》いながらその場を去った。

「……まあ、一歩前進、かな？」

苦笑いしながら、ミアはアンナの後を追った。

▼

あっという間に一ヶ月が過ぎた。その間は苦労の連続だった。

全身の筋肉痛に始まり、勝手の違う生活様式に戸惑《とまど》い、慣れない村の仕事であたふたし、貴族と平民の常識の違いに泡を食った。

ミアが適宜《てきぎ》フォローを入れてくれていなければ、もっと多くの人に迷惑をかけていただろう。

アンナは、これまで当たり前と思っていた生活がいかに恵まれていたかを思い知らされた。

ただ、貴族の生活がすべてにおいて上かと言えばそうではない。

単なる水や野菜でも、この村のものは驚くほど美味だ。貴族が取り寄せる食材はもちろんすべて質の良いものだが、採れたての新鮮さにはやはり敵《かな》わない。

そして人々がみな優しい。ミアはもちろんのこと、まだ顔を覚えていない村の住人もアンナに笑顔を向けてくれる。

失敗したときには「そんなこともあるさ」とフォローし、悩んでいるときには「こうすればいいよ」とアドバイスをくれる。

人の質の高さ――とでも表現すればいいのだろうか。セイハ村はそれが際立《きわだ》っていた。

おかげでアンナは挫折《ざせつ》することなく様々な作業に挑戦し、今ではある程度様《さま》になっている。

戸惑いばかりだった生活も、一ヶ月経つともう慣れ始めていた。

「ふぁ」

身体が痛くて仕方なかった硬いベッドも、今ではかつてのベッドよりもぐっすりと眠れるようになった。

ここにはアンナの頭を悩ませる婚約者も家族もいない。それだけで目覚めはいつも爽快だ。

「ん～、今日も良い天気！」

日光を浴び、大きく伸びをしただけで眠気はどこかへ飛んでいってしまう。

朝食は黒パンと水のみ。質素《しっそ》極まりないが、アンナはまだ一人で火が扱えない(セイハ村は安全のため、火の取り扱いには研修と村長の許可がいる)。

なので、今はこれが精一杯だ。

料理の苦労を知ってからは、いつも温かい状態で料理を運んでくれていたエミリイや、作ってくれていたシェフへの感謝の気持ちが増えた。

それを伝えることができないのが残念で仕方ない。

「伝える……あ、そうだ！　エミリィに手紙を書かないと」

村人生活に必死で、手紙を送ることをすっかり忘れていた。

少し落ち着いてきた頃合いなので、ちょうどいいタイミングかもしれない。

「紙とペンは……仕事終わりにでもミアに聞いてみましょう」

軽く体操をして固まった身体を解《ほぐ》してから、アンナはいつものようにミアや村人たちがいる作業所へと向かった。


「それじゃあアンナちゃん、これ頼むよ」

「任せてください」

渡された布を手早く紐《ひも》に吊し、干していく。

セイハ村では衣類の原料を作ることを主な仕事とし、それを村全体の事業として運営している。以前見た毛皮はもちろん、今アンナが干した布もそうだ。

畑も耕しているが、あれは売り物ではなく村人用の食料として消費されている。

「良い色ですね」

「だろう？　今年は出来がいいよ」

染色した布が風に揺られる様《さま》を見ながら、アンナは労働の喜びを噛みしめていた。

「あ、ウィルー」

少し離れた通りを歩くウィルの姿が見え、手を振る。

ミアの特訓のおかげか、今では挨拶をする程度なら緊張せずとも言えるようになった。

「……」

ウィルはこちらを一瞥《いちべつ》してから、ふいと視線を逸らした。

「あの子、昔からああいう感じだったけど、アンナちゃんには特に酷いねぇ」

「あはは……最初に変な接し方した私が悪いんです」

もし自分がウィルの立場だったら間違いなく警備の者を呼んでいる。それをしないだけ彼は優しいと言えるだろう。

「そういえば、ウィルの子供の頃ってどんな感じだったんですか？」

好きな食べ物でも分かれば次のステップに進んだとき、有利になるかもしれない。

そんな下心たっぷりにアンナは尋ねた。

「あの子ももともと移民だったんだよ。村に来たときは……確か十歳くらいだったねぇ」

「そうなんですか？」

てっきり村で生まれて育ったものだとばかり思っていたが、違ったらしい。

「ウィルだけじゃないよ。ケリックもそうさ」

「あー。彼はなんとなく分かります」

ケリックに関して驚きはなかった。彼の礼儀作法は村人というよりも、かつてのアンナ側――貴族といった面が強い。

「もしかしてケリックって、やんごとなき身分の人だったり……？」

「ミアと結婚するまではそんな噂が立ったこともあったねぇ。まあ、誰であってもこの村の一員であることには変わりないさ」

よっこいしょ、と膝をかがめながら、中年の女性は快活に笑った。


仕事が終わった帰り道で、アンナは紙とペンがないかをミアに尋ねた。

「紙くらいならウチにあるよ～」

そう言ってミアが持ってきたのは、手のひらに収まるほど小さなメモ用紙だった。たった一ヶ月だが、エミリィに聞かせたい話は積もるほどある。これでは小さ過ぎて何枚あっても書き切れない。

「ごめんなさい、聞き方が悪かったわね。便箋《びんせん》が欲しいの。あと封筒も」

使用人とはいえ伯爵家に住み込んでいるエミリィ相手に送るのだ。あまりにも外見がみすぼらしいと検閲《けんえつ》の段階で捨てられ、エミリィに届かない可能性もある。

「そういうのは村に普段置いてないかなぁ。みんな手紙とかあんまり出さないから、買い出しのときに頼んで買ってきてもらうしか――」

そこまで言ってから、ミアが突然手を叩いた。ぽむ、と軽い音がする。

「そうだ、塩男なら便箋も封筒も持ってるよ。ちょくちょく手紙を出してるところも見るし」

「ウィルが……？　どうして？」

「分かんないけど、別の村に文通相手でもいるんじゃない？」

物好きな相手がいるよね～、と、ミア。彼女はアンナの脇《わき》の下を、肘でつんつんと突く。

「ついでに仲を深めてくればいいよ。普通に話すだけならもう緊張はしないでしょ？」

「ま、まあ……」

多少の会話は大丈夫だが、全く緊張しなくなったかといえばそうではない。

ただ緊張の制御が上手になっただけだ。

やはり今もウィルを目の前にすると胸の鼓動が高まるし、言葉が詰まる。

「ちょっとは向こうの警戒も解けてきただろうし」

「そうかしら」

言われてみれば、一ヶ月挨拶をし続けて当初あった険《けん》は取れてきている気がする。

「めちゃくちゃ変な女」から「変な女」くらいにはランクアップを果たしているかもしれない。

「そろそろ挨拶だけじゃなくて、雑談してみてもいいと思うよ」

「雑談……」

むぅ、とアンナは眉をひそめた。

「そう難しく考えずに、明日の天気とかから始めて、そこから話題を膨らませていけばいいよ。ただし告白とか、恋愛関係の話はダメだからね」

そちらに関してはまだ警戒されているだろうから――と、ミアはアドバイスをくれた。

「難しいわね」

「アンナって婚約者がいたんだよね？　なんかこう、男を楽しませて転がす会話術とかないの？」

「ないわよそんなの。そもそも好きっていう感情なんてお互い持ってなかったし」

「わぁ、貴族って本当に冷たいね」

貴族側からすれば愛のある結婚の方が珍しい。令嬢たちの間では恋物語が流行っているが、あれは自分では決して手に入らないからせめて物語の中だけでも楽しみたい——という願望が具現化《ぐげんか》したものなのだ。

「お二人とも、そろそろ食事にしましょう」

「はーい」

話をしていると、ケリックが二人を呼んだ。アンナたちは話を中断し、料理の並べられたテーブルについた。

まだ一人でまともな料理ができない——挑戦して、食材をいくつかダメにした——アンナは、週に何度かこうしてミアの家に呼ばれている。

「すみません、いつも作ってもらって」

「いえいえ。材料費はいただいていますし、一人分増やすくらいは手間も一緒ですので」

（いつか二人に恩返しできるようになろう）

アンナはそう決意しながら、食事の前の祈りを捧げた。

「ところで、何の話をされていたのですか?」

「ん。貴族の恋愛事情ってやつを聞いてたんだよ」

ケリックの肩に身体を寄せながら、ミアは微笑む。アンナにいつも見せる悪戯《いたずら》っぽい笑みではなく、心底幸せそうな表情だった。

(いいなぁ。私もいつかは……)

ウィルとあんな風に微笑み合えるようになりたい。

「好き同士でもないのに将来を誓い合うなんて、私にはできないなぁ」

「貴族の方々にもそれなりの事情があるのですよ、ミア」

諭《さと》すように、ケリック。

「本当に、色々と——ね」

その表情はどこか憂《うれ》いを秘めているように見えた。


ミアの助言に従い、アンナはウィルの家を訪ねることにした。

「すぅー、はぁー、すぅー、はぁー」

家の前を何度かぐるぐると周回して、深呼吸を繰り返して心を落ち着かせる。

(便箋と封筒を譲ってもらうだけ便箋と封筒を譲っ

てもらうだけあわよくば好感度を上げる）

雑念を交じらせながら、アンナは緊張した面持ちで扉をノックした。

「ごめんください」

木の扉をとんとんと叩く。アンナの家のものとは素材が違っているようで、同じ木なのに随分と頑強《がんきょう》そうな感触がした。

やや間を置いてから、がちゃりと鍵を開ける音がした。

開けっ放しの家がほとんどの中、この家にはちゃんと鍵が付いているようだ。

扉が開き、ウィルが顔を出した。この暗がりでも分かる美形顔にアンナの胸が高鳴る。

対してウィルはと言うと、突然のアンナの来訪に面食らっているようだった。

「何の用だ」

「夜分にごめんなさい。便箋と封筒を譲ってほしくて」

「なに？」

便箋と封筒、と聞いた途端、ウィルの眉間に皺が寄った。

「どこに出すつもりだ」

「実家に。家族とは縁は切れちゃったけれど、良くしてくれていた使用人に近況を報せようと思って」

「……」

ウィルは値踏みするようにアンナを睨む。

アンナは蛇に睨まれた蛙のように動けなくなった。熱くもないのにだらだらと吹き出た汗が頬を伝って落ちていく。

（え、なにか怒らせるようなこと言っちゃった⁉）

「も、もちろんタダじゃないわ！　お金はきちんと払うわよ！」

「いや、いい。その代わり条件がある」

しばらく考え込んでいたウィルは、奇妙な条件を出してきた。

――今日ここで手紙を書き、それを読ませること。

「そんなことでいいの？」

「ああ」

訳が分からないまま――尋ねても理由は教えてくれなかった――、アンナはそれを了承した。どうせ読まれて困るようなことを書くつもりはないのだから、それでお金が浮くのならありがたい。

「お邪魔します」

実はウィルの家に入るのはこれで二度目だ。一度目は五年前、山賊に襲われたあの日。アンナは一晩だけ、ここに泊めてもらった。

ベッドを貸してもらったのに、緊張と興奮で一睡《いっすい》もできなかったことを覚えている。

「ほら、これを使え」

「あ、ありがとう」

便箋を受け取ると、ウィルは羽根ペンとインクが置かれた机の椅子を引いた。アンナが着席する間に手元がよく見えるようにランタンまでつけてくれる。

流れるようなエスコートに、アンナは思わずときめいた。

「終わったら声をかけてくれ」

「え、ええ」

ウィルは少し暗がりのところに腰を下ろした。なにかするのかと思いきや、じぃ、とアンナを見ている。

「あの、どうしてこっちを見ているの？」

「おかしなことをしでかさないかと思って」

「しないわよ⁉」

「なら書けるだろ」

別に後ろめたいことはないが、視線を向けてくるのは意中の人。制御下に置いていた緊張が、むくむくと鎌首をもたげてくる。

(おおお落ち着きなさい私！　心を無にするのよ！)

ここで奇行に走ってしまえば、せっかく築いてきたウィルとの仲も破綻《はたん》する。

(こういうときは——別のことに集中すれば緊張を忘れられるわ)

幸いにも、集中すべき事柄は目の前にある。

アンナは手紙に綴る文章を考えることで、ウィルからの視線を頭の隅《すみ》に追いやった。


「できた！」

羽根ペンを走らせることに没頭していると、いつの間にか手紙は完成していた。

集中していたおかげで時間もそれほどかかっていない。

「見せてくれ」

「どうぞ」

ウィルに手紙を渡すと、彼はそれをじっくりと眺める。文字を追う目が二枚目の途中に差し掛かったとき――唐突に顔を上げた。

「ここ、字を間違えているぞ」

「本当ね」

誤字を探してくれたのだろうか。

アンナは礼を言ってからその部分に修正を加える。

書き直したものを再び眺め、ふん、とウィルは鼻を鳴らした。

「普通だな」

「普通じゃない手紙があるの？」

「……いや、悪かった。忘れてくれ」

返された手紙を封筒に入れ、アンナはそれを胸に抱きしめた。

「ありがとう。助かったわ」

「ふん」

一礼してから、アンナは家の外に出た。

てっきりここでお別れすると思っていたが、ウィルも後に続いてきた。

「なにか用事でもあるの？」

「送っていくに決まってるだろ」

「ええ⁉　すぐそこなんだからいいわよ」

「もう日も落ちている。山賊の心配はないが、暗がりで転んで怪我でもされたらたまらないからな」

「あ……ありがとう」

ウィルはアンナを嫌っているはずだ。けれど心配はしてくれる。彼の心境がよく分からないが、素直にアンナは感謝した。

(なんだかんだで優しいのね……好き)

横を歩くウィルを見て、改めてアンナはそう思った。

同時に、この気持ちを成就《じょうじゅ》させたいとも。

「……」

「……」

そんな思いとは裏腹に、沈黙が質量を伴《ともな》ってアンナにのし掛かっていた。

家までの距離は五分ほどだが、それまでに潰されてしまいそうだ。

(な、なにか話さないと！　雑談！)

まずは天気の話をし、そこから会話を膨らませればいい——ミアの言葉を思い出し、アンナは指を立てた。

「そういえば。明日は雨が降るらしいわよ」

「そうか」

「……」

会話終了。

膨らませる余裕すらなく、鋭利な刃物で切られたように寸断される。

「……あ、家についたわ」

結局なにも話せないまま終わってしまう。

(あああ。折角《せっかく》のチャンスだったのに……私のバカバカ！)

なにもできなかった自分を叱りつけつつ、アンナはウィルに頭を下げた。

「送ってくれてありがとう」

「礼はいい。じゃあ、また明日な」

「——。え、ええ」

また明日。

ウィルは確かに、そう言ってくれた。

少し。

ほんの少しだけでも、距離を縮められたんだろうか。

「……」

ウィルはアンナを家まで送った後、すぐには帰らず村をぐるりと回った。歩きながら、とあることについて思考を巡らせていた。

「こんばんは、ウィル」

「ケリックか」

ケリックはいつもの柔和な笑みを湛え、ウィルの前に立っていた。彼もよく散歩をするので、こうして偶然会うのはそう珍しいことではない。

「あの女を寄越《よこ》したのはお前か？」

「まさか。妻です」

「だったら知っていたということだな。なぜ止めなかった」

「以前もお伝えした通り、彼女は無害だと判断しているからです」

「お前らには無害かもしれないが、俺には」

「あなたがそのようにおっしゃるので、私はこれまで彼女の様子を注意深く窺《うかが》っていました」

ウィルの言葉を遮り、ケリック。本来のウィル相手にはできないことだが、セイハ村の中だけは特別だ。

「アンナさんのことを知れば知るほど、ただただあなたに好意を抱いている——というこことだけが分かりました。見ていて思わず頬が緩んでしまうほどの純粋な好意です」

アンナが語る話題の大半はウィルについてだ。

今日は目を合わせてくれたとか、薪を割る姿が格好いいとか、挨拶を返してくれたとか、緊張せずに「おはよう」が言えたとか。

そこに他意は全くない。悪意も、敵意も、まるで。

「尻尾《しっぽ》を出していないだけかもしれないだろうが」

「これだけ接して真意が見抜けないほど私の目が節穴だとおっしゃるのですか？」

「……」

ウィルは口を噤《つぐ》んだ。これまで彼のおかげでウィルに近付く輩《やから》を数多く排除してきた。その功績は無視できるものではない。

「とはいえ私がいくら言っても信じていただけないので、今回アンナさんに行ってもらった、という事情もあります」

「やっぱりわざとだったのか！」

瞬間的に怒るウィルをなだめ、ケリックは尋ねる。

「で、実際どうでした？　あなたが思うような怪しい動きをしていましたか？」

「……ああ。おかしかった」

ウィルは右手で頭を押さえ、力なく首を振る。

「おかしいくらい、おかしなところがなかった。手紙の内容も、態度も、全部が普通だ。暗号鍵を使っているのかと思って誤字を指摘したが、顔色一つ変えず直していた」

ウィルの中に形成されていたアンナの裏の顔が、音を立てて崩壊する。

既にその傾向はあったが、今回の件で一気にそれが進んだ。

「あいつは一体何なんだ？　まさか本当に俺が好きというだけで貴族から平民に？」

「そうだと最初から申していますよ」

「そんな馬鹿なことをする奴がいるか？　伯爵家だったんだろ」

貴族は特権階級だ。伯爵家から見れば平民の生活など地獄にも等しい。それを分かっていながら平民に下るなど、できるはずがない。

何らかの理由により平民になったとしても、生活水準の差に耐えられないだろう。

　しかし、アンナはそれに耐えるどころか馴染みつつある。その理由が『ウィルを好きだから』なんて――。

「俺は信じない。信じないぞ」

　ウィルはぶんぶんと首を振る。

　アンナが彼に出会うまで『好き』を知らなかったように、ウィルもまた、その感情を知らないのだ。

「今はまだそれでいいと思います。しかし、態度を少し軟化させてもいいのではありませんか？　もう彼女はセイハ村の一員です」

「…………考えておく」

　ぶっきらぼうに告げ、ウィルはそっぽを向いた。その表情に、当初見られた嫌悪感はなくなっていた。

第五章　山菜と泥棒

「アンナ。今日は山菜を採りに行こ」

緑の山々に赤色が差し始める季節に差し掛かった頃、ミアからそんな提案を受ける。

村人生活も三ヶ月を突破し、すっかり仕事も板に付いていたアンナは、頼まれた洋服の修繕《しゅうぜん》が一段落してから顔を上げた。

「今から？」

「そ。冬に備えてそろそろ準備していかないと」

涼しくなってきたとはいえ冬にはまだ遠い。村人はこんなにも早くから備えていかなければならないのかとアンナは驚いた。

「どこまで行くの？」

「あそこ」

ミアは細い指を立て、一方を指した。その先にはセイハ村の外――小高い山が見えた。

「山に入るの？　私で大丈夫かしら」

「そこまで深い場所には行かないから平気だよ！」

「分かったわ」

アンナは修繕した部分を何度か引っ張り、問題がないことを確認してから洋服を持ち主に返した。

「はい、どうぞ」

「ありがとうおねーちゃん！」

「いえいえ。あまり無茶な遊びをしちゃダメよ」

「うん！」

「アンナ裁縫《さいほう》上手だね〜。私は細かい作業は苦手だなぁ」

ひょっこりと顔を覗かせ、ミアはその出来映えに感嘆の声を上げる。

貴族は、婚約者や親しい人物に自分で刺繍《ししゅう》したハンカチを贈るという風習がある。そのため裁縫は必須で習得しなければならない――そういう経緯から、こういった作業は得意としていた。

「大事にするからねー！」

服が直ったことがよほど嬉しかったのか、子供は何度もこちらを振り返り、手を振っていた。

（イーノックとは大違いね）

慣例に従い、イーノックにハンカチをプレゼントしたときのことを思い出す。彼は喜ぶどころか「いらん物を」とでも言わんばかりに鼻を鳴らしていた。

（あのときは刺繍の授業が苦痛で仕方なかったけれど……こうして喜ばれるとやっていて良かったと思えるわね）

素早く道具を片付け、ミアに向き直る。

「お待たせ」

「よし、それじゃ出発！」

入山手続きを村長の家で済ませ、さっそく山に入るアンナとミア。

少しだけ厚手の靴とタオル、山菜を入れる用の籠に万が一のための笛――危険が起きた際はこれを吹いて居場所を報せる――を装備するアンナ。

ミアも同様の格好になっている。唯一違う点は、背負っている籠がアンナのものより倍ほど大きいことくらいか。

アンナは初心者ということで、集める山菜の数は少なめでいい、とのこと。

「この山はセイハ村の所有物なの。敷地内の山菜は――」

山に一歩足を踏み入れるなり、ミアはしゃがみ込んだ。

道の端に生えていた白い草をむんずと掴み、引っこ抜いてから籠に放り込む。

「――こんな風に、自由に採っていいから」

「なにか気を付けることはある？」

「山奥に入り過ぎないこと。野生の獣がいたら刺激しないよう逃げること。外部の人がいたら自分で注意せず、すぐ村長に報告すること。あと、キノコは採らないでね」

「希少なの？」

「毒があるかもしれないから」

山には食べられるキノコと食べられないキノコが群生しており、見た目がかなり似通《にかよ》っているものが多い。素人《しろうと》では見分けがつけられないので、キノコだけは専門家以外採ることを禁止されていた。

「うちの村ではリッキおじさんがキノコ狩り専門の人だよ。アンナはあんまり喋ったことなかったっけ」

「何度か挨拶したくらいね」

村長の隣に住む中年の男性・リッキ。顔は知っているが、アンナの家は村長の家から少し離れているため、道ですれ違うことはほとんどない。

「そんなに危ないキノコが生えているの？」

ミアは細い指を折りながら、神妙な顔で告げた。

「それはもう。笑いが止まらなくなるバクショウダケとか、くしゃみが止まらなくなるクシャミダケとか、訳もなく泣きたくなるピエンダケとか……とにかく危ないやつがいっぱいあるからね」

「全然危なそうに聞こえないけど……」

「はぁ。これだから素人は」

ミアはやれやれと首を振り、聞き分けのない子供に諭すように腰に手を当てた。

「あんまりキノコをなめてると痛い目見るよ？　バクショウダケで国が一つ滅んだ話だってあるんだから」

「どうやって？」

「――ある日、とある大国の国王様が亡くなりました」

まるで逸話《いつわ》を語るように、ミアは指をくるくる回す。

「近隣諸国は偉大な王の死を悼《いた》むべく葬式にこぞって参列しました。みんなが悲しむ中、とある小国の王様だけは棺《ひつぎ》の前で腹を抱えて大笑いしました」

「……それって」

「うん。葬式の直前、バクショウダケが食事に混入していたの。そうとは知らず大国の臣民《しんみん》たちは大激怒。王様は処刑され、その国は大国に吸収されたわ」

「……恐ろしいわね」

アンナは身震いした。確かに、食べる場所を間違えれば国を滅ぼしてしまえる。

「でしょう？　美味しそうに見えてもキノコは採っちゃダメだからね」

「分かったわ」

注意事項を聞き終えると、目の前にある草が目に入った。

「これは……食べられるものね」

「正解」

事前に村長の家で色つきの絵を見せてもらっているので、迷うことなく食べられる山菜は見分けられた。

「籠いっぱいが目安だから、はりきってあんまり採りすぎないようにね」

「ええ」

▼

「ふう……このくらいかしら」

流れる汗をタオルで拭《ぬぐ》い、アンナは下げていた視線を元に戻した。

山菜のほとんどは膝よりも下に位置しているため、自然とかがむような姿勢になっていた。視線を上げた際に曲がっていた背中が伸び、どこかの関節がパキンと音を立てる。

「――あら。ここはどこかしら」

夢中になっているうち、ミアと離れ離れになっていた。

周囲を見渡しても見えるものは木、木、木。

「まあ、いざとなったら笛で場所を伝えれば大丈夫よね」

森の中を歩いたおおよその体感時間から、アンナはさほど離れていないと判断した。

「あっつ……」

涼しくなってきたとはいえ、これだけ身体を動かしていれば寒さなど微塵《みじん》も感じない。

今のアンナは問題ないが、もし移住初日にこの仕事をしていたら明日は筋肉痛でまともに動けなかっただろう。

「今日のご飯は美味しく食べられそうね……うん？」

籠がいっぱいになったので、元来た道に引き返そうとして、視界の端になにかが映った。

獣かと思ったが、明らかに人間の形をしている。

「ミア……？」

別行動を取った相棒と偶然鉢合わせしたのかと思ったが、違う。

ミアにしては上背《うわぜい》が高過ぎる。

奇妙さを覚えたアンナは、咄嗟《とっさ》に木の陰に身を隠した。

（男……？）

草木が足を擦る音を極限まで隠しながら現れたのは、二人組の男だった。

村人。旅人。色々な説が頭をよぎったが、それらをすぐに振り払う。

セイハ村で暮らしはじめて三ヶ月。挨拶程度しかしていない村人もいるが、顔は全員覚えている。あのような顔の男性は見たことがない。

ミアが言っていたように、この山はセイハ村が管理しているため外部の人間は立ち入ることができない。道に迷った旅人とも思ったが、それにしてはあまりにも軽装過ぎる。

こそこそと周囲を窺うような立ち振る舞いといい、無許可で入って来た侵入者と見ていいだろう。目的はこの山に豊富に生えている山菜、といったところだろうか。

（戻って報せないと）

アンナが後ろに足を一歩踏み出した途端、パキ、と音が鳴った。足元にある乾いた小枝を踏み折ってしまったようだ。

「誰だ！」

（気付かれちゃった⁉　どど、どうしよどうしよ）

走って逃げるか否《いな》かを迷っている間に、男たちはアンナの隠れている草むらまでやって来た。自然と、逃げる、という選択肢が消滅する。

（こうなったら——出たとこ勝負よ！）

アンナは囲まれる前に自ら姿を現し、腕を組んで男たちを睨んだ。

「あなたたち！　ここはセイハ村が管理する山よ！　勝手に山菜を採ることは禁じられているわ！」

二人を厳しく非難しつつ、山のどこかにいるミアが気付いてくれますように――と、ことさら大きな声を出す。

「その袋に詰めた山菜を返してくれれば見なかったことにするわ！　けれどそのまま盗んで行くと言うのなら、村の人たちが黙っていないわよ！」

「く……！」

「一時の気の迷いとなかったことにするか、罪人として捕まるか――どちらがあなたたちにとっていいのか、考えれば分かるわよね？」

優位者であることを示すように、アンナは余裕ぶった笑みを見せる。内心は山賊と言っても差し支えない男二人を前に震え上がっているが、それをおくびにも出さない。

貴族社会は少しでも弱い部分を見せれば食われてしまう。それがたとえ家族であったとしても。その中で育ってきたアンナは自然と表裏の使い分けができるようになっていた。

セイハ村に来てからは裏表を使い分ける必要がそもそもないが、こういう場面では役に立つ。

「さあ、どうするの？」

貴族時代の技術を総動員して、男二人を追い払う。

しっかりと準備しておけば飢えることなく冬を越せる——とミアは言っていたが、外部の人間に持って行かれてもなお余裕があるかどうかは分からない。

セイハ村のためにも、ここで確実に追い払っておかなければ。

「まさかこんな奥地にまで村人が来るとは……」

諦めの感情がたっぷり入った様子で、男は肩に提《さ》げていた袋を降ろした。ぎっしりと詰め込まれた山菜が袋の口から少しだけ顔を出す。

「運がなかったわね。さっさと荷物を置いて去りなさい」

「逃げるか捕まるか。あんたはそう言ったが……もう一つ、選択肢があることを忘れてるぜ」

「え?」

「だな。あんたが俺たちに捕まえられるっていう、もう一つの選択肢がな」

「なっ……」

男たちは指を鳴らし、アンナの元ににじり寄ってきた。粘着質を帯びた笑みに気《け》圧《お》されそうになるが、足を踏ん張ることで堪える。

「っ、それ以上近付かないで!」

「やなこった」

「女一人を俺たちがどうにかできないとでも思ったか？」

どうやら袋を降ろしたのは指示に従ったからではなく、アンナを捕まえるため一時的に置いただけのようだった。

警告などどこ吹く風で、アンナとの距離を詰めていく。

（ちょっとちょっとー!?　話が通じないの!?）

山菜を置いて逃げればアンナは余計な手間を取らずに済み、彼らは罪を見逃してもらえる。どう考えてもアンナを捕まえるよりもいい選択肢のはずだ。なのに彼らはそれを拒否し、乱暴な手段を躊躇《ちゅうちょ》なく選んだ。

「――はっ。見ろコイツ。足が震えてやがるぞ」

「う……」

うまく茂みに隠して見えないようにしていたが、アンナの足はぶるぶると震えていた。暴力と無縁の社交場とは違い、一歩間違えれば身に危険が及ぶ。人間が根本的に持つ恐怖は、どれだけ抑え付けようと表に出てしまうものだ。

「こ、これは騎士震いよ！」

「勇み立つ心に反応して身体が震える」ということわざを用いて言い訳をするが、

男たちはただにやにやと笑うだけだった。まるで胸中を見透かされたようで、足だけに留めておいた震えが手や表情、そして声にまで伝播《でんぱ》していく。

「わ……私に手を出したらどうなるか分かってる⁉　むむ、向こうの木まで蹴り飛ばされるわよ！」

「はいはい、すげーな」

「おら、とりあえずこっち来い」

「ひっ」

腕を摑まれ、思わず足の力が抜けそうになる。かつて山賊に襲われたあの日の出来事が脳裏《のうり》をよぎり、頭が真っ白になる。

「助けて……助けてウィル！」

アンナは思わずそう叫んだ。

「はん。叫んだって誰も助けに来ねーよぼぉ⁉」

へらへら笑っていた男の顔面に、分厚い靴底がめり込む。走る勢いそのままに放たれた蹴りは男の身体を簡単に吹き飛ばし、離れた場所にぽつんと立っていた木の幹《みき》に身体をへばりつかせた。

男は蛙が潰れたような声を喉から出し、そのまま泡を吹いた。

「こいつに手を出すな」

アンナの前に立っていたのは——ここにいるはずのない人物だった。

「ウィル……？」

「な——なんだテメェは⁉」

男が誰何《すいか》している間に、ウィルは既に次の動作に入っていた。くるりと背中を向け、回転の勢いを乗せた蹴りを無防備な男の胴体に放つ。

「ほぐぅ！」

男の身体が吹き飛び、またしても木の幹に叩きつけられる。たった二撃で、アンナをあれほど怖がらせていた男たちは沈黙した。

「ウィル……」

アンナは尻餅をついたまま、呆然とウィルを見上げる。

自分の妄想がついに具現化し、都合の良い展開を夢に見ているだけだと何度も目を擦り、頬をつねる。

しかしウィルの姿が霧となって消えることも、目が覚めてベッドの上で起きることもない。

これは現実なのだ。

そうだとしたら疑問が残る。ウィルは今日も村の中で薪割りの仕事をしていたはずだ。

なのになぜ、こんなところにいるのだろうか。

「あの、どうしてここに痛ぁ！」

疑問を尋ねる前に、アンナの額の前でウィルが指を弾いた。いわゆるデコピンというやつだ。

ウィルはアンナが胸にぶら下げている登山道具の一つである笛を指差す。

「この馬鹿。どうしてすぐに笛を鳴らさなかった」

「えーと……忘れていたわ」

男たちを追い払うことに頭がいっぱいになってしまい、笛の存在をすっかり忘れていた。

「危ないことはするな。分かったな?」

「ごめんなさい」

「……ったく」

ウィルは男たちを木に縛り付けている。こちらに顔を向けないまま、ふと尋ねてくる。

「さっき、どうして俺の名前を呼んだんだ」

「なんとなく、助けてくれるような気がして」

「……俺は便利屋か」

「違うわ。便利屋じゃなくて……私の、王子様だから」

今回の一件で、アンナはますますウィルが好きになっていた。抑えることも、隠すことも難しいほどに。

とはいえ相手は迷惑がっている。だからアンナはこれ以上を求めなかった。ただ、感謝の気持ちを笑みに乗せる。

「また私を助けてくれて、ありがとう」

「⁉　か、かわ……」

「かわ？」

たじろぐウィルが、妙な言葉を口にする。

「かわ――ウソという生き物を知っているか」

「え？」

「川に住む獣で、姿はイタチに似ている。小柄で泳ぐ速度は人間よりも早く、その速度で以て蛙や魚を捕らえて食べる。嚙む力が発達していて、ザリガニのような甲《こう》殻類《かくるい》でも嚙み砕ける。また知能が高く、貝を石で割って中身を取り出すといったことも器用にやる。遠方の国ではカワウソを使った漁業法が存在しているそうだが、飼育が極めて難しいようで後継者不足に悩んでいるとか」

「ええと……？」

いきなりの知識披露にアンナは目を丸くした。

カワウソの話は為《ため》になったが、それと今の状況とどういう関係があるのだろうか。

頭上に「？」を浮かべていると、遠くからミアの声が聞こえてきた。

「アンナあああああ！」

ミアは走る勢いそのまま、アンナに飛びついた。あまりの勢いに「ぐぇ」と、淑《しゅく》女《じょ》にあるまじき声が喉の奥から漏れる。

アンナを揺さぶりながら、ミアが涙をこぼす。彼女の後ろには警備担当の村人が着いてきており、縛り付けた山菜泥棒を捕まえていた。

「大丈夫だった⁉　怪我はない⁉　一人にしてごめんよー！」

「ううん、平気よ。ウィルが助けてくれたから」

「塩男～！　本当にありがとう」

ミアはウィルにも礼を述べてから――ふと、我に返って首を傾げる。

「あれ。けど、なんでここにいるの？」

「……火口になる木が少なくなってきたから採りに来ただけだ」

ふん、と鼻を鳴らすウィル。

そんな彼の言葉に、ミアはさらに首を傾げる。

「こんな山奥まで？　麓《ふもと》でも探せばあるよね？」

「いい木の方が燃えやすいんだ。そしてそれはこの付近にしかない」

「そうなの？　けどこの辺りってあんまりそういう木がないような気が」

ミアの疑問を吹き飛ばすように、ウィルが盛大《せいだい》に咳ばらいをする。まるでこの件に関しては詮索《せんさく》をするな——と言わんばかりに。

「帰るぞ！」

きびすを返すウィル。その背中にアンナが待ったをかけた。

「あの」

「なんだ」

「なんていうか、とても言いにくいんだけど」

「言え」

「腰が抜けちゃって立てないの」

「……ミアに支えてもら」

「ごめん！　私は山菜を持つことで精一杯なの！」

ウィルが言い終わる前に、ミアはアンナと山菜泥棒が持っていた荷物を持ち上げ、両手を塞いだ。

「…………」

ウィルは無言でアンナの元に戻り、背中を向けてしゃがんだ。

「ありがとう」

「塩男やさしい！　ちょっと見直しちゃった！」

五年ぶりに背負われたアンナ。以前と変わらず温かい体温に、思わず、ぎゅう、としがみついた。

「……」

てっきり拒否されるかと思ったが、ウィルはなにも言わなかった。

ただ、耳まで真っ赤になっていることにアンナは最後まで気が付かなかった。

「ふふ。いい雰囲気になってきたじゃん」

ミアは山菜の重さを理由に、少しだけ歩みを遅らせて二人と距離を取った。

「今日は大活躍だったそうですね」

「耳が早いな」

「妻が現場にいましたので」

夜になり、ウィルとケリックがいつもの道中で会話をしていた。

ケリックはいつになく厳しい目でウィルを見やる。

「どういうおつもりですか？　あれほど危険なことはしないでくださいと申し上げましたのに」

「しようと思ってした訳じゃない。火口の材料を探して山に行ったら、たまたま山菜泥棒と対峙《たいじ》している場面に遭遇《そうぐう》しただけだ。まさか見殺しにしろだなんて言わないだろ？」

「仮にそうだとしても、緊急用の笛を吹けば済む話です」

はぁ……と、ケリックは力なく首を振る。

「分かっているのですか？　あなたは――」

「分かってる分かってる。みなまで言うな」

これで話は終わりだ、と言わんばかりにウィルは手を振った。外した視線の先には、アンナの家が見える。

「あいつを認めてやってもいい」

「ほう？」

珍しいものを見たときのように——実際、そうなのだが——ケリックが目を見開く。

「俺のいないところではさぞかしサボっているのかと思っていたが……本当に、一生懸命だった。葉にひっぱたかれて、土に汚れて、汗まみれになりながら山菜を夢中で採っていた。今ならお前の言葉も信じられそうだ」

「疑っていたのですね」

「当たり前だ。俺がこれまで女になにをされてきたか知っているだろう」

「……そうですね。というか」

ケリックは眼鏡を持ち上げながら、確認のために問い直した。

「今の口ぶりですと、随分と長い間見ていたのですね？　アンナが山菜を採っている姿を」

「ぐっ、偶然！　偶然だ！」

失言に気付いたウィルが手を振って否定する。

ケリックは意味ありげに笑い、ほう、と声を上げる。

「偶然？　妻の話によればアンナは一時間も山道を歩いていたようですが……偶然もここまでくると奇跡ですね？」

「うるさいうるさい！　俺はもう帰るぞ！」

ウィルは話をぶった切り、そのまま帰ってしまった。

彼の背中を、ケリックはどこか優しげな表情で見やる。

「アンナ。あなたのおかげで、ウィルが変われそうですよ」

第六章　アンナからの手紙

「気分が変わったわ。熱いココアを用意して」

「は、はい、ただいま！」

ヒルデバルト家は今日も大忙しだった。

アンナがいなくなり、エヴリンはそれまでの猫かぶりをやめ、我が物顔でふんぞり返るようになった。彼女はとにかく気分屋だった。紅茶が飲みたいと言った傍から別の飲み物を要求し、使用人たちをとにかく困らせる。

どたばたと慌ただしい使用人たちを見ながら、かつてアンナの専属使用人だったエミリィは箒《ほうき》を片手にその様子を観察する。

（掃除係に左遷《させん》されて良かったわ）

アンナが家を去った後、エミリィはエヴリンの専属使用人に配属される予定だった。

しかしエヴリンが「あの女と仲良くしていた奴なんていらない」と、交代を要求したのだ。

そして現在。エミリィは誰もいない裏庭の掃除係という、とてつもなく地味な場所を任されている。

アンナと繋がりが深かった使用人は全員、似たような境遇に陥《おちい》っている。中には左遷に耐えられず辞《や》めた者もいる。

エミリィもこのままぶら下がる形で居座るつもりはない。折を見てここを辞めるつもりだ。

そういった事情から、エミリィは時間を持て余していた。

なにも仕事を与えず、じわじわと暇という毒で押し潰していく。ヒルデバルト家のご令嬢は人間の壊し方をよくご存じのようだ。その手腕には素直に感心するしかない。

「わぁ、新作の化粧品が出ているわね。イーノックに買ってもらおうっと」

当のエヴリンはというと、飲み物を片手にカタログを開き、次に婚約者に会ったときにおねだりするものを品定めしている。

イーノックは本当にエヴリンを溺愛しているようで、頼まれたものは何でも買っているらしい。

（いつまで持つのかしらね）

エミリィの目から見たイーノックはずばり「見栄っ張り」だ。エヴリンの前で良い格好をしたいからと、高価なものでも無理をして買っているのだろう。

一度や二度ならまだしも、エヴリンの物欲は止まるところを知らない。

ガルシア家がヒルデバルト家と婚約を結んだのは互いの繁栄のためだったはずなのに、エヴリンの我儘《わがまま》に振り回され、資源を貪《むさぼ》られている。

このままだと待ち受けているのは破滅しかない。

「エミリィ。手紙が来てるわよ」

「誰から？」

「アンナ様から」

「！　ありがと」

差出人はアンナからだった。

村での生活は大丈夫なのだろうかと心配していたところだ。封筒を開くと、村での苦労話と、それ以上の楽しい話が綴《つづ》られていた。

「よかった……ちゃんとやれているのね」

ほ、と胸を撫で下ろすエミリィ。

「というか、村人になった後のことは全く考えてなかったのね……」

こんなことなら、前もって事前知識をいくつか教えておけば良かった——と、エミリィはアンナを見送った日に声をかけなかったことを軽く後悔した。

肝心の想い人については二進《にっち》も三進《さっち》もいかない状態らしいが、生活そのものは楽しくやれている。躍るような文面から、アンナがいかに村人生活を満喫《まんきつ》しているかが伝わってきた。

「それにしてもこの封筒、随分と綺麗ね」

見た目こそ地味だが、手触りは普段エミリィたちが使っているものと同じものだった。それは普通の村で当たり前のように使われていい素材ではない。村人からすれば高級品になるはずだ。

わざわざエミリィへの手紙のために高いお金を出して調達したのだろうか。

「あら？　この紋章……」

大空を羽ばたく鷲《わし》と、その背景に描かれた八本の線。白黒なので分かり辛いが、虹を表現している。

「……これって、ノーラルの紋章じゃない」

山を挟んだ隣に、ノーラルという国がある。エミリィが現在住んでいるサザラント王国とは比べものにならないほど巨大な国だ。帝国に近いここサザラントが侵攻を免《まぬが》れているのは、ひとえにこの国の庇護《ひご》があるおかげだ。そんな国の紋章が、どうしてアンナから届いた封筒に刻まれているのだろう。

「ノーラル王国の領地だから……？　けれど村人がこんなにもいい封筒を使うかしら」

そこまで考えて――ふと、ノーラル王国にまつわる逸話を思い出す。

かの国の初代王は都会の喧噪《けんそう》から離れるため秘匿《ひとく》された村で暮らしており、そこで出会った女性と真実の愛を育んだ、というものだ。

もちろんこれは御伽噺《おとぎばなし》で、王国のなりたちを補強するためのいわゆる『作られた物語』だ。

秘匿している村ももちろんないが――物語にあやかり、封筒を置いている村くらいはあるのかもしれない。

（まあいいわ。返事を書きましょう）

エミリィは些末《さまつ》な疑問を投げ捨て、早々に自室へと戻ろうとした。

最近は憂鬱《ゆううつ》な日々が続いていたが、久しぶりにうきうきした気分だった。

「そこの君」

「はい」

いきなり声をかけられ、エミリィは慌てて振り返った。視線の先には、イーノックが立っていた。

今日来訪する予定のない人物の登場に、エミリィは目を丸くする。

「イーノック様。どうなされました？　エヴリンお嬢様でしたら正面の東屋《あずまや》に」

「いや。今日、用があるのは君だ」

どうやらお忍びで来たらしい。一介の使用人に他家の男性が密会を申し出る。考えられるのは妾《めかけ》の誘いだが、イーノックはエヴリンを溺愛しているのでそれはない。仮に誘われても、絶対にお断りだが。

そうでないのなら、一体何の理由があってエミリィを訪ねたのだろうか。

胸中で首を傾げる彼女の両肩に、イーノックが手を置いた。

「アンナの居場所を知らないか？」

第七章　似たもの同士

「エミリィからの手紙だわ！」

手紙を出してから二週間後、アンナは待ちに待った手紙の返事を受け取った。懐かしい筆跡に、急いで封筒を開く。

内容はこちらの身を案じる文面と、簡単な近況報告に留まっていた。現在は家人付きの使用人ではなく、掃除係になっているらしい。

ヒルデバルト家がどうなっているか、イーノックやエヴリンが——などは一切書かれていない。アンナに気を遣ってのことだろう。

（優しいわね、エミリィ。それにしても大丈夫なのかしら）

手紙にはっきりと書かれていないが、エミリィほどのスキルを持った使用人を家人の付き人ではなく掃除係にする時点で悪意が介入しているとしか思えない。

エミリィに悪意を抱く人物。十中八九、エヴリンだろう。

アンナからそのままエヴリンの専属使用人にスライドしようとしたら、彼女が拒否した――なんて光景がありありと想像できる。

ヒルデバルト家で辛い思いをしていないか、かなり心配だ。

「さっそく返事を書きましょう」

アンナはちょうど近くを通りかかったウィルを呼び止めた。

「どうした？」

「手紙を書きたいの。また便箋と封筒を分けてもらえないかしら」

「分かった。ついて来い」

ウィルの家に向かいながら並んで歩く。

日中はそうでもないが、日が傾き始めると少し肌寒さを感じ始める。今はちょうどその中間の、とても過ごしやすい時間帯だ。

「そういえば聞いたか？　昨日、ハルメイが初めて猪を狩ったらしい」

「すごいわね。まだ十四なのに」

「ああ。将来は立派な猟師《りょうし》になるだろうな」

山での一件以来、アンナとウィルの仲は急接近――はしていないが、友人として気軽に接することができるまでになった。こうして他愛《たあい》のない日常会話もお手の物だ。

当初のような緊張はしなくなったが、アンナの胸はずっと高まったままだ。恋心という感情の制御が上手になっただけで、ウィルへの気持ちはずっと変わらない。

(ようやくここまで来たわ。けどまだよ！　勝負はこれからだわ)

挨拶をすれば返してくれるし、会話をすれば話は弾む。他愛ない冗談を言ってくれたり、笑顔も見せてくれる。

ただ、ここからさらに一歩距離を詰めるにはどうすればいいのだろうかと、アンナは次の手を攻めあぐねていた。

ケリックに相談すると「相手のことをもっと知ってみてはいかがでしょう」というアドバイスを貰った。

確かに、アンナはウィルについて表面的なことしか知らない。

そろそろ内面的なことを聞いてもいい時期なのかもしれない。

ちなみにミアにも同様の相談をしたところ「押し倒しちゃえ！」とのことだった。速攻で却下した。

(今なら二人きりだし、少し踏み込んだ話をしてみましょう)

アンナは手紙を綴りながら――エミリィの境遇を思い、セイハ村に来ないかと誘いの文言を入れた――、さも今思いついたかのように尋ねた。

「そういえばウィル。どうして私をあんなに嫌っていたの？」

「……それを聞くか」

ウィルが苦笑する。聞かれたことに嫌悪感はなく、あるのはそんな態度を取った過去の自分への恥ずかしさのようだ。

「言いたくないなら無理には聞かないわ」

「いやいい機会だ。ずっと謝りたかったしな」

そう前置きしてから、ウィルは語り始めた。

「俺は昔、ノーラル王国の王都に住んでいた」

「そうだったのね」

以前、近所の女性から彼が移住したことは聞いていた。

しかしその理由までは知らなかった。それがアンナを嫌う理由に繋がるのだろうか。

「そのときに……まあ、ざっくり言うと女関係で色々嫌なことがあって女性不信になったんだ。セイハ村に来たのは療養のためだ」

「もしかして、私を山賊から助けてくれたときも？」

「ああ。実を言うと君を背負って村に戻る間、何度も気分が悪くなった」

「そう。そうだったの」

五年前、女性不信を押し退けて助けてくれた。

そうとは知らずアンナは「好き」と言うことで恩を仇《あだ》で返したような形になっていたのだ。

「貴族籍を捨ててきました！　好きです！」なんていう重たい女が来たときの彼の心境を考えて、アンナは頭を抱えてしまった。

「ごめんなさい。そんなつもりはなかったの」

「謝らなくていい。アンナのおかげで症状も随分と治まった」

「本当？」

「でなけりゃこうして話なんてできないだろう？」

両手を上げ、肩をすくめるウィル。アンナに気を遣って嘘を言っているようではないようだ。

「私になにかできることがあれば言ってね」

「だったら、今度はアンナの話を聞かせてくれないか？」

別の場所にあった椅子をアンナの近くまで持ってきて、ウィルはそこに座った。

「だいたいの概要は知ってる。けど、アンナの口から聞きたいんだ」

「分かったわ。知っての通り私は伯爵家の生まれなんだけど——」

アンナは村に来るまでの経緯を包み隠さず話した。

義妹を利用したことは隠そうか迷ったが、ウィルには誠実でありたかったので、その部分も事細かに説明する。

「……なるほど、な。父親と義妹、婚約者をうまく使ったんだな」

「嫌いになった?」

「全員の望みを叶える形にしたんだ。それまでの扱いを考えればむしろ優しいくらいじゃないか?」

(よかった……)

印象は悪くなっていないようで、アンナは胸を撫で下ろした。

「しかし、アンナも酷いところにいたんだな」

同情するようにウィルは眉を下げる。

「俺は周辺の人間に恵まれていた。もし周りがみんな敵だったら立ち直れてなかっただろうな」

「私も敵だらけじゃなかったわ」

エミリィに愚痴を聞いてもらえていなかったら、アンナも人間不信に陥っていたかもしれない。

「こうして考えると、俺たちは似たもの同士なのかもな」

「ちょっと複雑だけどね」

少し前に書き終えた手紙をウィルに手渡すと、彼はそれを封筒に入れた。

「話をしたらすっきりしたわ。聞いてくれてありがとう」

「礼を言うのはこっちだ。おかげで決心がついた」

「決心？」

尋ね返すが、ウィルは薄く微笑むだけだった。

▼

「ぜぇ、ぜぇ……」

すっかり成長した麦を刈り取りながら、アンナは大きく肩を上下させていた。筋肉痛とは無縁になったが、村の仕事は季節を経るごとに変わっていく。

夏が終わり秋が巡る季節となり、育てた作物を収穫する仕事が新たに加わった。

伸びた麦を鎌で刈り、畑の横に寝かせていく。いくら筋力がついたとはいえ中腰を維持しつつ力を入れて腕を引かなければならないこの作業はなかなかの重労働だった。

「終わった……」

ようやく任された区画の刈り取りが終わり、アンナは座り込んだ。

鎌を振り続けたせいか腕がだるい。筋肉痛にはならないだろうが、しばらく疲れが尾を引きそうだ。

「おつかれアンナ。ちょっと休憩しててよ」

ミアは寝かせた麦を束に縛り、それを木で作った柵に逆さまにして干していく。

その動きは慣れたもので、疲れなど微塵《みじん》も感じさせない。相変わらず無尽蔵《むじんぞう》の体力だ。

アンナも労働するようになってから体力は著《いちじる》しく向上したが、それでもミアと比べるとまだまだだと思わざるを得ない。

しばらく風に当たりながら、労働で火照《ほて》った身体を冷ます。

あぜ道の上を、大きな箱を抱えた中年の女性が通り過ぎた。揺れる箱の中が少しはみ出て、赤や黄色のものがちらりと見えた。

「ねえミア。最近みんな大きな箱を運んでいるけれど、あれはなに？」

「あー、色紙だよ。収穫祭の準備だね」

「収穫祭？」

「うん。この時期になるとやるんだよ」

麦束を干し終えたミアが隣によっこいしょと座る。やはり息は切れていない。

「『豊穣《ほうじょう》の神様に今年の感謝と、来年の豊作の祈りを捧げるため』っていう建前でどんちゃん騒ぎをするの」

「言い方」

祭りというものに参加したことのないアンナだが、社交パーティのようなものと考えるとなんとなく想像できた。

婚約披露とか、大貴族の誕生日とか、とにかく貴族はなにかと理由を付けてパーティをしたがる。そして大抵、パーティの主目的はそこそこに飲み食いや婚約者探し、繋がりを持っておくと良さそうな貴族の物色《ぶっしょく》に夢中になる。

収穫祭もそういうものなのだろう。貴族ほど頻繁に開かれると考え物だが、年に一度くらいならそういう集まりがあるのも悪くない。

「アンナも飾り付けとか手伝ってもらうことになると思うけど、そのときはよろしくね」

「ええ、任せて」

「そういえばアンナ知ってる？　後夜祭でダンスをするんだけど、そのときに告白した相手とは長く結ばれるらしいよ」

「詳しく」

言葉尻を捉えるほどの速度で、アンナはミアの肩を摑んだ。

▼

「セイハ村がノーラル王国領ってことは知ってるよね」

「もちろんよ」

直線距離で言えばサザラント王国の方が近いが、そちらの方角には険しい山が並んでいる。

そのため、セイハ村に行くためにはどうしてもノーラル王国の敷地を跨《また》がなければならない。そういった地理的な理由から、セイハ村はノーラル王国領となっている。

かなり辺鄙《へんぴ》な場所にあるため、アンナはウィルに助けてもらうまでここに村があることすら知らなかった。

「ノーラル王国にはこんな話があってね」

立てた人差し指をくるくると回しながら、ミア。彼女曰く、初代ノーラル王が暮らしていた村がある、とのことだ。

初代ノーラル王は身分を偽り、村人として生活していたらしい。その村は、彼が国王としての激務を忘れて疲れを癒す保養地のような役割を果たしていた、とのこと。

そこで国王は後の王妃となる女性と運命的な出会いを果たす。

それが今日《こんにち》まで続く巨大な王国の始まりである——とのこと。

「この村がそうなの？」

「村長はそうだって言ってるけど、本当のところはどうだろうね？　自分の村こそが起源だって主張してる村はノーラル王国領内にけっこうあるから」

「なるほどね」

実際はよくあるカバーストーリーなのだろう。

王国ができて初期の頃はなにかと壮大な物語が始まりがちだ。アンナが住んでいたサザラント王国も、初代サザラント王が神の啓示を受けたとか女神に抱擁《ほうよう》されたたとか悪魔と契約を結んだとか、色々な逸話が残っている。

「で、国王様が王妃様と出会い、告白したのが収穫祭後の後夜祭っていう話なの」

「その話にちなんで、後夜祭に告白した相手とは長く結ばれる──と」

「そういうこと」

「セイハ村が本当に伝承の村なら御利益がありそうだけど」

「起源うんぬんの話は分かんないけど、効果はあるよ！　実証済みだから」

自信たっぷりに、ミアは誇らしげに自分を指差す。

「なにを隠そう、ケリックに告白したのが去年の後夜祭だからね」

「ミアからだったの？」

「うん。一緒に過ごしているうちになんとなく纏ってる空気？　みたいなのがいいなって思って。あとなにも言わなくても色々察してくれるところとか」

「そうね、気配り上手よね」

一緒に食事をしているとき、欲しい調味料をさりげなく手の届く場所に置いてくれたことを思い出す。一度ではなく、何度も。

気配りの細やかさに関しては彼よりも優れた人物を見たことがない。言葉遣いの丁寧さといい、やんごとなき身分の人間と言っても信じられそうだ。もしくは、そういった身分の人物に仕える凄腕《すごうで》の執事……なんて線もありえる。

ケリックからミアに言い寄るという図が想像できないので、想像通りと言えばそうかもしれない。

「塩男みたいに毛嫌いされはしなかったけど、ケリックもなかなか苦労したんだよ～」

つっけんどんではなく、どういうアピールをしようと大人の余裕でやんわり受け流す。

はじめの頃、ミアはケリックにそういう対応をされていたようだ。

「よく結婚できたわね」

「えへへ。いっぱい頑張ったのと、後夜祭で勇気を出したおかげかな」

「参考にしたいんだけど、どんな風に告白したの？　まさか押し倒した……とか言わないわよね？」

以前提案されたことを思い出し冗談めいて言ってみるが、ミアはその問いかけに首を縦に振った。

「うん、そうだよー」

「え？」

まさか肯定されるとは思わず、アンナは目を見開いた。

「いくらアピールしてものらりくらりかわされるもんだから、えい、って押し倒したの」

大胆ではあるが、ミアならやりそうと思えてしまうのが怖いところだ。

他の女性ならともかく、ミアはその場面を簡単に想像できる。

「結局未遂で終わっちゃったんだけどね。それがきっかけで私のことをちゃんと考えてくれるようになったの。だから言い伝えの御利益はあると思うよ！」

（それは御利益と言うより、ミアの行動力がすご過ぎただけなんじゃない？）

間違いなくそうだとは思うが、幸せそうに当時を振り返るミアを前にアンナはなにも言わないでおいた。

第八章　お寝坊さん

セイハ村収穫祭。

大地の恵みに感謝を捧げ、翌年の豊穣を願う。

こういった催《もよお》しは形式や名称こそ違えど、一定規模の村ならどこでも行っている。

貴族出身のアンナはそういったものに縁がなかったので社交パーティのようなものを想像していたが、実態を見て驚く。

「すごいわね。別の村みたい」

広場が収穫祭用に飾り付けられ、いつもとは全く違う様相《ようそう》を呈《てい》していた。柱は色鮮やかな布が巻かれて派手になり、備え付けの椅子などにも細かな装飾が施されている。

外の柵《さく》にも等間隔に色紙が巻かれ、各家庭の入口には豊穣を示す飾り付けが設置されている。凝《こ》った家になると窓や屋根にもそれが及んでいた。

まだ準備段階だというのに、セイハ村の中は静かに色めき立っていた。

この時期、農作業はほとんど人手を必要としなくなる。そのため広場での作業はほとんど飾り付けの素材作りに切り替わっていた。

もしかしたら収穫祭には手を余らせないための役割もあるのかもしれない、となんとなくアンナは考えた。


素材作りをしながら物珍しげに村内を見渡す。

既に勝手知ったる村のはずなのに、視界に入るのは見たことのない風景に変化している。

アンナは初めて訪れたときのような新鮮な気分になっていた。

「見てミア。村長の家、屋根が高くなっているわ」

村長の家に目を向けると、なだらかな屋根の上に立て板が増設され、目が痛くなるほどきらきらした装飾で飾り付けられている。

よく見ると、村長宅のお隣さんも同じく屋根を拡張して飾り付けを行っている。

広場から両者の家は見えないはずなのに、縦に伸びたせいでここからでも見えるようになっている。

「あー。村長とリッキおじさんだね。あの二人、家の飾り付けを張り合って毎年あんな風になるの」

高くなった部分を目算で測りながら、ミアがしみじみと呟く。

「去年より板一枚分、高くなってる。このままだと十年後には塔みたいになるかもね」

「それは少し見てみたいかも」

アンナとミアはどちらともなくくすくすと笑ってから、作業を再開した。


その日の夜はミアの家に招待され、一緒に夕食を取ることになった。

ケリックの料理はどれも美味だ。調理法をいくつか教えてもらったが、アンナの腕ではうまく再現できない。

「さすがケリック。いつもながら美味しいよ～」

「美味しそうに食べていただけて私も作る甲斐《かい》があるというものです」

微笑み合う二人を、じぃ、と見つめる。

ミアから馴《な》れ初《そ》め話を聞いた後だからか、なんとなくケリックの動きを目で追ってしまう。

「どうしましたアンナさん。私の顔になにか付いていますか？」

「いえ、何でもありません」

ケリックは首を傾げるが、特に気に留めず話題を切り替えてくれた。

「そうそう、アンナさんにお話ししておきたいことがあるのです」

「私に？」

「ええ。明日の早朝から買い出しに行かなければならないのですが、その間ミアの面倒を見ていただけないかと」

セイハ村では月に一度、街へ買い出しに行っている。この役目は村の成人男性が請《う》け負《お》っていて、月替わりで全員が担当することになっていた。

今月の担当はケリックとウィルだ。

アンナが返事をする前に、膨れっ面のミアが机を叩く。

「ちょっとちょっと。面倒を見てもらう必要なんてないから！」

「――と、本人は言っておりますが、朝が弱く絶対に起きられないのでこうしてアンナさんにお願いしている次第です」

「大丈夫だって！　私はもう大人なんだから！」

「分かりました」

「アンナ⁉」

買い出しは早くても七日、天候次第では十日以上かかることもある。

これまで世話になった恩返しには程遠いが、頼ってもらえたのならそれに応えなければ。

「ありがとうございます。アンナさんがいてくれると私も安心して出られます」

「任せてください」

「なによなによ、二人して！」

ふい、とミアはそっぽを向いて頬を膨らませた。

「一人で起きられるんだから、絶対大丈夫なんだから！」


「ん～」

朝日が柔らかく部屋を照らす頃、アンナは目を覚ました。

「さすがにこの時期は寒いわね」

夏は太陽がもたらす過ぎた暖かさに辟易《へきえき》としていたが、今となってはそれを恋しく思う。

それでも薄着で眠れているほどアンナの身体は寒さにも強くなっていた。貴族時代は今よりも温かいベッドと部屋で眠っていても足が冷えて仕方なかったのに。

「人間の身体って不思議ね」

母の形見のペンダントを身に付けながら軽く身体を動かし、水瓶に溜めた水を適量汲み取る。

それを白湯《さゆ》にして飲むことが、寒い日の日課だ。

入村当初は火の扱いも許可されていなかったが、今はこの通りだ。

「寒くなる前に許可証もらって良かったわ」

温かい水が喉を潤すと共に、睡眠で動きの鈍《にぶ》った身体が活力で満ちていくように感じた。

村に来て間もなく半年。その間、アンナは自分自身で驚くほど成長していた。

共同作業のほとんどに慣れ、村人として生きる知恵もたくさん得た。人の名前を覚えることが苦手だったが、全員の名前をしっかり記憶できている。知識だけでなく、身体的な成長もあった。分からなかった野菜の甘みが分かるようになり、長時間動き回っても疲れない身体になった。長年悩まされていた冷え性もいつの間にかなくなっている。

人間の成長は十代の途中で止まる——と教わっていたので、この身体の変化にはとても驚かされた。

村人は劣悪《れつあく》な環境で過ごしているなんて先入観があったが、とんでもない。

もちろん貴族時代の方が良かったこともある。ベルを鳴らせば使用人がすぐに飛んできて、頼めば大抵のことは叶えてくれる。経済学など、貴族だからこそ触れることのできる知識もたくさんある。

しかし、だからと言って村人の生活がみすぼらしいかと言われればそうではない。

どちらにも良い点があり、どちらにも悪い点がある。

両者の世界を経験したアンナはそう思うようになっていた。

「――そういえば、ミアは大丈夫かしら」

昨夜帰る直前も「絶対に一人で起きるから迎えはいらない！」と強く言い切られてしまった。

ミアの言葉を信じるべきか、ケリックとの約束を優先すべきか。

――悩んだ末、アンナはミアの家まで来ていた。

（ごめんなさいミア）

彼女を信じたい気持ちはもちろんあるものの、ケリックがアンナに冗談を言うような性格でないこともよく知っている。

両者を天秤にかけた結果――僅かに、ケリックの方へと傾いた。

（疑っている訳じゃないの。一人で起きられているか、確認するだけだから）

などと言い訳しながら、扉を数度叩く。

しかし、返事はない。

もう仕事に出ている——ということも考えたが、ミアの生活リズムから言ってそれは考えにくい。まだ家にいるはずだ。

「ミア？　入るわよー」

しばらく家の扉をノックして返事がなかったので、アンナは断りを入れてから中に入る。セイハ村の家は基本的に鍵が付いていない。あるのは村長とウィルの家だけだ。治安の良さを表しているが、この一点だけはまだ慣れていない。

部屋の中は静まり返っていたが、耳を立てると奥の方から可愛らしい寝息が聞こえてきた。

音を頼りに立て板で区切られた場所に行くと——案の定、ミアがいた。

「くー」

昨日の啖呵《たんか》はどこへやら、ミアはベッドの上ですぅすぅ眠っていた。

小柄なミアに反してベッドはとても大きい。ちょうど大人が二人横になっても大丈夫なくらいだ。おそらくケリックのものであろう大きめの枕を腕に抱いている。

「……ミア」

「すぴー」

「起きなさい。仕事よ」

「くかー」

「このっ」

アンナは布団を剝《は》ぎ取る。外気の寒さを受けてミアが顔をしかめた。目は開かないまま、唇がむにゅむにゅと動く。

「あと五時間……」

「昼を過ぎるわよ」

「実は昨日……徹夜で仕事してて」

「夜は働かない主義って言ってたじゃない」

「ホントホント。晩ご飯だって食べてないんだから」

「一緒に食べたわよね？」

「……」

「……」

ミアは身体を回転させ、アンナから布団を巻き取ろうとした。力を入れてそれを阻止する。純粋な力ではミアの方が上だが、さすがに横になっている状態ではアンナの相手になるはずもなかった。

「どうしてまた寝る体制になろうとするの。起きなさい」

心持ち声を大きくしながら、アンナはミアを揺さぶった。

「どうして起こそうとするの。寝させて」

「ダメに決まってるでしょう！」

「……もう、しょうがないなぁ」

ミアはゆっくりと身体を起こした。大きな大きなあくびをしてから、寝間着のボタンに手をかける。

「着替えるから、その間に白湯を用意してもらってもいい？」

「ええ、それくらいお安いご用よ」

ようやく起きてくれた——と安堵しながら、アンナはキッチンに移動する。

勝手知ったる——とまではいかないが、ミアが普段使っているカップの柄は覚えている。

「少しだけ時間を空《あ》けましょうか」

女性の身だしなみは時間がかかる。さすがに貴族の縦ロールのような長時間ではないにしろ、男性の倍以上かかるのは村人でも同様だ。

十分ほど時間を置き、それから白湯を用意する。

これなら温かいうちに飲めるだろう――と思っていたのだが。

「……まだ来ないわね」

白湯がただのぬるい水に変わっても、ミアは姿を現さない。

「ミア、着替え終わった？」

仕切りの向こうに声をかけるが、返事はない。

「もしかして……」

嫌な予感がして、アンナは再びミアのベッドを覗き見た。

「すぴー」

そこには、再び幸せそうに眠るミアの姿があった。

「起・き・ろ～！」

アンナ渾身《こんしん》の叫びが、朝のセイハ村に響いた。

「いやぁ、ごめんごめん。私は起きたかったんだけど、布団がどうしても離してくれなくて」

「布団のせいにしないの」

ぺし、と額を叩いてたしなめる。

とはいえセイハ村は遅刻に対して寛容《かんよう》だ。時計が広場にしかなく、みな日の傾きなどでなんとなくしか時間を把握していない。

各個人の部屋に時計が設置してある貴族とは時間に対する感じ方がそもそも違うのだ。

広場に到着しても、ミアを咎《とが》めるような声は一言たりともなかった。

「珍しいね、ミアちゃんが寝坊なんて。ケリックはどうしたんだい」

「買い出しに行ってるよ」

ミアがそう言うと、誰もが納得した表情になった。

「それじゃ、しばらくは遅くなるね」

「大丈夫！　実は今日もかなり惜しかったんだから。もう間もなく起きられるってところまではきてたの」

「どこが⁉」

アンナが訪ねたとき、彼女はぐっすり熟睡していた。どう好意的に見ても「もうすぐ起きる」という状態ではなかったというのに、その自信はどこからきているのだろうか。

「明日も様子を見に行かせてもらうわよ」

「心配性だなぁアンナは。まあいいよ。明日は一緒にゆったりと朝食でも食べよう」

いつもの笑みを浮かべながら、ミアは作業を始めた。

「本当に大丈夫なのかしら……」


「すぴー」

「……」

翌朝。

あれだけ自信たっぷりに「一人で起きられる」と豪語していたミアは、大きなベッドの上で丸まって眠っていた。

「起きなさぁぁぁぁぁぁぁい！」

二日連続で、アンナの声が朝のセイハ村に響き渡った。

第九章　イーノックの企み

(イーノック様はどうしてアンナの居場所を知りたがっていたのかしら)

いつものように裏庭掃除——と言っても、もう綺麗になり過ぎてやることがない——をしながら、エミリィはあの日のことを思い返していた。

咄嗟に「知らない」と答えたが、かなり食い下がられた。

婚約破棄を切り出したのはイーノックの方からだというのに、今さら何の用があるというのか。

(とにかく、用心しておかないと)

かつてのアンナはどこか俯《うつむ》いていた。性格が暗い訳でも、姿勢が曲がっている訳でもないが、なぜかそういう印象があった。

——私の人生、私じゃない人が全部決めてるから。

専属使用人となった際、ぽろりとこぼした言葉。何気ない一言にアンナの諦観の念が凝縮されていて、聞いたエミリィは胃の奥がずしりとしたことを思い出す。

窮屈な家から抜け出し、今は自由を謳歌《おうか》している。

手紙の上で躍る文面を見ただけで、その様子がありありと想像できた。

たとえ意中の人との恋が悲しい結果に終わったとしても、アンナはこれからの人生を楽しく過ごしていけるという確信を持てた。

（アンナの邪魔になる可能性があるものはここで遮断《しゃだん》しておかないと）

やはり自分がヒルデバルト家を去るのはもう少し先になるな、と思いながら箒を左右に動かしていると、

「エミリィ。手紙が来ているわよ」

「ありがとう」

前回と同じ、隣国の紋章が刻まれた封筒。確認するまでもなくアンナだろう。それを受け取ろうとした瞬間——横から伸びた手が、手紙を摑み上げた。

「い、イーノック様⁉」

手の主はイーノックだった。彼は驚くエミリィと使用人を無視して封筒を乱暴に破り捨て、文面に目を通した。

「どういうおつもりですか！　やめてください！」

「うるさい」

「うっ」

イーノックに強く押され、エミリィは滑るように地面へと倒れた。痛みでうずくまる彼女の眼前に、ぽとり、と読み終わって丸められた手紙が落とされる。

「やはりアンナと繋がっていたんだな。この嘘吐き女め」

冷たい目でエミリィを睨み付けるイーノック。

「罰を与えなければならんところだが、まあ許してやろう。君のおかげでアンナの居場所が分かった」

「アンナを……どうするつもりですか。もうイーノック様とは関係ないはずです」

「使用人風情《ふぜい》がそれを知る必要はないよ。それじゃ、急ぎの用事ができたから僕はこれで」

イーノックはきびすを返し、その場を後にした。

「エミリィ、大丈夫？」

「肩を貸してもらえるかしら。私の部屋に連れて行って」

「え、医務室じゃなくていいの？」

「ただの打ち身よ。少し休めば痛みも治まるわ」

（アンナに報せないと）

同僚に肩を借りながら、エミリィは自室へ向かった。
イーノックの意図は分からないが、良からぬことを企《たくら》んでいることは想像に難くない。
手紙では間に合わない。
(私も行くしかないわ。セイハ村に)

第十章　不安

「起きなさぁぁぁい！」

来る日も来る日も、アンナはミアを起こし続けた。

はじめこそ「明日こそは」なんて言っていたミアだったが、三日と経たないうちに「明日もよろしく」に変化していた。

もはや自分で起きることは諦めたらしい。

「いつも悪いねぇ」

「全然悪いと思ってないでしょ……」

村に点在している休憩用の長椅子を収穫祭用に飾り付けをしながら、アンナは半眼《はんがん》でミアを見やる。

飾り付けはこれといった作法《さほう》はないようで、担当者のセンスに一任されているらしい。

「そうだ。どうせならウチにお泊まりするっていうのはどう？」

まるで名案を思いついたようにミアが手を叩く。

「ほら、私の家は広場と反対方向じゃない？　私を起こして広場に向かって……だと遠回りになるし。起こしてもらってるお礼もしないとだし。ね？」

「別に気を遣わなくていいわよ」

ミアの世話——と言っても朝起こすだけだが——はケリックに頼まれたことだ。あまりの寝起きの悪さに一言二言、文句がこぼれてしまうものの、渋々やっているという訳ではない。

ミアにはたくさんのことを教えてもらい、その恩もまだ十分に返せていない。なので辞退しようとするが、ミアはアンナの腕にしがみついた。

「気を遣ってるんじゃないよ。女同士、寝間着パーティでもしようよ！」

「……本音は？」

「一人で寝るのが寂しくてそろそろ限界です助けて」

「……はぁ。分かったわ。お泊まりしましょう」

こちらに気を遣って——ではなく、ミアがしてほしいと言うのなら是非《ぜひ》はない。

アンナは首を縦に振った。

「やったぁ！　今日はごちそう作るね！」

ミアは嬉しそうにはしゃぎ、飛び跳《は》ねる。

作業中はとても頼りになるが、こういうところは子供と接しているかのようだ。

この落差がミアの魅力なのかもしれない。


夕食は宣言通り豪華なものになっていた。

「美味しい」

「ふっふっふ。私だってやればできるんだから」

ミアの家では普段、ケリックが料理当番をしている。そちら方面はからっきしなのかと思っていたが、彼女も相当な腕前だ。

「そういえば、ケリックさんはどういう仕事をしているの？」

彼が村の作業をしている場面を見たことがない。いつも家にいるか、ウィルや村長と話をしているかのどちらかだ。

「難しい計算とかしてるよ」

「村の経理《けいり》とかかしら」

「うーん、よく分かんない」

ミアはケリックの仕事風景を何度も見ているが、中身までは知らないようだ。聞

いてみても「大切なお仕事です」としか言わないらしい。

（ケリックさんって、やっぱりすごい人なんじゃゃ……）

そこまで考えてから、はっ、とアンナはあの話を思い出した。

いつかミアが教えてくれた、王族が保養地として使用している村の話。あれが本当で、セイハ村がその場所だとしたら……？

移民だというケリック。そしてあの立ち振る舞い。

何度もやんごとなき身分の人物だと想像していたが、もしかしてあの直感は当たっていたのでは——という疑問が頭をよぎる。

（……いえ、さすがにないわよね）

村人らしからぬ教養を持った人物ではあるが、王族にしてはあまりにも人当たりが良過ぎる。アンナの中では、王といえばもっと傲岸不遜《ごうがんふそん》なイメージだ。

やはりケリックは王族と言うよりは執事のイメージの方がしっくりくる。

「どしたのアンナ？　急に黙っちゃって」

「なんでもないわ。いつも仲睦まじいあなたたちが羨ましくなっただけ」

馬鹿馬鹿しい妄想をそのまま話す気になれず、アンナは適当に話を繕った。てっきり「そうでしょう！」と胸を張るかと思っていたが、ミアは薄く微笑むだけに留めた。

「……そうだったらいいんだけどねー」

「え？」

まさかそのような返答が来るとは思わず、アンナは食後の白湯を飲む手を止めた。

「一人になるとね、たまーに思っちゃうんだ。ケリックって、本当に私のこと好きなのかなって」

「どうしたの急に」

ミアらしからぬ弱気なセリフと態度にただならぬものを感じ、アンナは彼女の肩に手を置いた。華奢《きゃしゃ》な肩が、小さく震えていた。

「私が強引《ごういん》に迫ったから、仕方なく結婚してくれてるだけなのかなと思って。で、本当に綺麗な人とかが出てきたら私はあっさりポイされちゃうのかなって。そんなことはないと思っても、やっぱり不安になるんだよね」

「好きって言われたんでしょう？」

アンナの質問に、ミアは小さく、本当に小さく頷いた。

「私の告白を受けてくれたときに一回だけ。けど、そこからはなにも言ってくれないの。優しいんだけど、なんていうか――年の離れた妹の世話をしているような、そういう感じ。手を出そうともしないし。何度か『好きなの？』って聞こうとしたけど『もう好きじゃないけど惰性《だせい》で一緒に暮らしています』なんて言われたらどうしようと思うと、怖くて……」

ケリックを好きだからこそ、思いが通じたからこそ不安になる。

――恋愛のきらきらとした面しか見ていなかったアンナは、こういった側面もあるのだと初めて知ることになる。

「ケリックさんがそんなこと言うはずないじゃない。しっかりしなさい」

震えるミアを抱き寄せ、アンナは彼女の背中を優しく撫でた。

「買い出しから戻ってきたら、ちゃんと聞いてみましょう。私も一緒にいるから……ね？」

「うぇぇ……ありがとう、アンナ」

アンナの胸の中で、ミアはぐすんと鼻を鳴らし、涙を拭った。

「すぴー」

食事が終わると、ミアはすぐに眠ってしまった。不安を吐き出して安堵したのかもしれない。

「予定していた寝間着パーティはまた今度ね」

「むにゃ」

ミアの頰に触れると、彼女は口をもごもごさせた。なにか良い夢を見ているのだろうか。

「それにしても、不安を感じる……ね」

端から見れば仲睦まじい夫婦でも、本人は不安に包まれていることもある。

抱いていた感情は違うが、イーノックと婚約関係にあった頃と似ている。あのときもパーティの際は表向きだけ仲睦まじい婚約者を演じ、裏では互いに足を踏み合っていた。

ミアも表は天真爛漫《てんしんらんまん》に振る舞いながら、裏ではこんなにも不安を抱えていたのだ。

「……人を好きになるって、大変なのね」

サザラント王国では、貴族は恋愛結婚が推奨されていない。ほぼ百%、親が相手を決める。

人としての権利を無視した制度だと思っていたが、こうして感情が大きく揺らぎ、不安定になることを防ぐための措置だったのかもしれない。

「私も寝ましょう。おやすみ、ミア」

めくれた布団をかけ直し、アンナもベッドに横になった。

その日以降、アンナはミアの家に泊まることにした。

ミアの寂しさを埋めることはもちろん、ケリックが戻るまでに彼の気持ちを聞き出す作戦を練るためだ。

「夜、一緒に寝ているのよね？　そのときに聞くのはどう？」

「ダメだったとき寝れなくなるじゃん！」

「じゃあ、朝起きたときは？」

「その日一日働けなくなっちゃう」

「やっぱり後夜祭のときに聞くのが一番じゃないかしら」

「うぅ……やっぱりそうなるよね」

いくつか候補を挙げ、最終的には後夜祭が最適ということになった。

奇しくも一年前、ミアがケリックに告白をしたときと同じタイミングだ。

ケリックの気持ちを改めて問い質《ただ》す。是《ぜ》であればこれまで通りの夫婦生活に戻り、否《いな》であれば……そのときは。

「あああ今から気が重いよぉぉぉぉぉ」

「大丈夫だから。気をしっかり持って」

背中を丸めてうずくまるミアを励ます。「まあ、なるようになるでしょ」と楽観的な彼女がここまで後ろ向きになるとは想像もしていなかった。

恋という感情が人を変えることは身を以て体感していたが、マイナス方向に影響があるとここまで人を臆病《おくびょう》にするものなのか――と、アンナは内心で驚いていた。

「私は支えてあげることしかできないけど、一緒にいるから」

「ごめんね、アンナも後夜祭は忙しいのに」

「うん？　全然忙しくないわよ」

アンナがきょとんとした顔をすると、ミアも同じ表情をした。

「あれ？　塩男に告白するんじゃないの？」

「――あ」

ミアのことに夢中で、アンナは自分のことを全く考えていなかった。

第十一章　収穫祭

「それではこれより収穫祭を開始する。その前に一言、いつもの言葉を贈らせてもらう」

広場に集まった村人を見渡しながら、村長がにこやかに告げた。

「今年も大小の些事《さじ》はあれど、無事に平穏を享受できている。それはすべて村民一人ひとりの日々の頑張りのおかげだ。本当にありがとう」

村長は手に持った杯を掲げると、皆もそれに続いた。

「来年も同じ顔ぶれで杯を掲げられることを願う」

それが始まりの合図だった。大人たちは酒を飲み、赤ら顔でテーブルに溢れるほど並べられた料理を堪能《たんのう》する。

「アンナは飲まないの？」

食事を頬張りながら、ミア。

「ええ。あまり得意じゃないの」

社交パーティなどでワインを飲んだことはあったが、独特の香りが苦手だった。

「ミアは？」

「私も頭が痛くなるからパスかなー。こっちの方が口に合ってるよ」

果実水を掲げながら、それを飲み干す。

「ウィルとケリックさん、遅いわね」

二人はまだ帰ってきていない。収穫祭までには戻ってくるはずだったのだが、日程が遅れているようだ。

「後夜祭までには帰ってくるといいんだけど」

「ん……そだね」

「そんな暗い顔しないの。ほら、飲んで飲んで」

不安そうな表情を浮かべるミアに果実水を継ぎ足して励ますアンナ。

「ごめんね」

「ミアが笑ってくれてないと私まで不安になるわ」

「……うんっ。二人ともうまくいくよね」

アンナは自分の告白を見送ろうとしていた。ミアの方が抱えている不安が大きく見えたためだ。

しかしミアは自分のために後回しにすることを良しとせず、どうせなら二人で――という流れになった。

後夜祭でアンナはウィルに再び告白し、ミアはケリックに真意を問い質《ただ》す。

二人にとって今日はまさに決戦の日となるのだ。

――しかし、肝心の二人が帰ってこなければ折角の決心が揺らいでしまう。

早く帰ってきてほしいと願いつつ、アンナとミアは不安を打ち消すかのように食べ続けた。

日が暮れ、篝火《かがりび》があちこちにくべられる。普段は真っ暗な道を今日だけは明るく照らしていた。

「早く来て……いやいや、もういっそ来ない方が……」

「気を確かに！」

緊張のあまり泡を吹き始めたミアを励ましていると、門から一台の馬車が姿を現した。

「来た！」

立ち上がり、ミアを引っ張りながら馬車の元まで駆け寄る。

「ん……？」

近付くにつれ、違和感を覚える。荷台の部分が布で覆うだけのものではなく、屋根までしっかりと造られていて、随分と豪華だ。

のどかな村に似合わない馬車の登場に、村人たちが僅かにざわついた。

馬車の扉が開き、中から男が登場する。

「久しぶりだなアンナ」

その場にいるはずのない人物に、アンナは目を見開いた。

「イーノック？」

「知り合いなの？」

「私の元婚約者よ」

豪華な馬車でセイハ村にやってきたイーノックは、数人の護衛《ごえい》を引き連れながらアンナの前で腕を組んだ。彼は収穫祭のために飾り付けられた村の中を見渡し、ため息を一つ。

「よくこんな辺鄙な村で暮らせているな。僕なら二日と保《も》たない自信があるよ」

「わざわざ嫌味を言うために遠路《えんろ》はるばる来たの？」

「ふん。格好は変わっても、その減らず口は相変わらずだな」

アンナを下から上までじろりと眺め、鼻を鳴らすイーノック。

「本当に貴族籍を捨てて村人に成り下がったんだな」

「それがなに？」

「いや。都合がいい」

「はぁ？」

怪訝《けげん》な表情でアンナが尋ねると、イーノックは仰々しい仕草で手を差し伸べてきた。

「アンナ。君にチャンスをやろう」

「チャンス？」

「僕の元で働かせてやろう、と言っているんだ」

「働く？」

「そう。僕の秘書として雇ってやろうという話だ。給金は十分にやろう。もう田舎の土臭い生活とはおさらばできる。もちろん返事は――」

「いらないわ」

「そうだろう。いらない……え？」

瞬きよりも早い速度でアンナは否を突きつけた。

予想が外れたようで、イーノックは呆《ほう》けた顔を晒している。

「この僕がわざわざこんな田舎まで来てやっているというのに、断るだって？」

「来てくれなんて頼んだ覚えはないわよ」

そもそもイーノックはアンナを嫌っていたはずだ。容姿も性格も好みと正反対で、エヴリンのような儚《はかな》げで愛くるしい——男性の前でだけだが——少女が好きだったはず。

（なのに私を秘書として雇いたい……？）

イーノックの意図が読めず、アンナは首を傾げた。

「というか、エヴリンはどうしたのよ」

「もちろん仲睦まじくしているよ。彼女は君と違って愛想もいい。ただ——」

嫌味を挟みつつ、イーノックは後を続けた。

「高貴な花にやる水は良いものでなければならない。でなければ枯れてしまうからね。仕方のないことではあるが、少しばかり維持費は嵩《かさ》む。彼女を満足させるためにはより多くの金が必要になる。そうなるともっと働かなくてはならないだろう？」

「頑張りがいがあっていいじゃない」

愛する者のために仕事を頑張る。男性にとってはこれ以上ない喜びのはずだ。

しかしイーノックは首を横に振る。

「働く時間を増やすと今度はエヴリンと過ごす時間が減ってしまう。彼女に寂しい思いをさせてしまうんだ」

「仕事を手伝ってもらえばいいじゃない」

「彼女にそんな責務を負わせては可哀想《かわいそう》だろう？」

アンナには当然のように「はい」と丸投げしていた書類を、エヴリンにはさせたくない。そこに少しばかり思うところはあったが、話が逸れるのでその点については言及を控えた。

「真実の愛の相手なら、そのくらいのことはやってくれるわ」

エヴリンはやる気になったことしか覚えようとしないが、決して頭が悪い訳ではない。アンナが手伝っていた執務も、少しばかり勉強を頑張ればできるだろう。

イーノックが言うように『仲睦まじく』していて、自分が金食い虫であるという自覚があるなら執務の手伝いくらいは喜んでするはずだ。

「真実の愛の相手だからこそだ。彼女には負担を強《し》いたくない。そこで君の出番だ」

「……あー、なるほど。そういうことね」

ようやくイーノックの意図が読めた。

面倒ごとをすべてアンナに肩代わりさせ、自分はエヴリンと楽しく過ごしたい
――そういうことだろう。

秘書なんて聞こえのいい言葉を遣っているが、要は仕事の駒だ。

「そんなこと、他の人を雇いなさいよ」

「慣れさせるまで時間がかかる。その点、君はすぐに代行できるだろう？」

（だからと言って、婚約破棄した相手を呼び戻すなんて醜聞《しゅうぶん》が過ぎるわ）

人の口に戸は立てられない。アンナがイーノックの元婚約者なんて話はあっとい
う間に広まってしまうだろう。それを防ぐにはアンナを人目に晒さないことだが、
監禁めいた生活など絶対に嫌だ。

「私は戻らないわよ。エヴリンも嫌がるだろうし」

アンナの存在を疎《うと》ましく思っていたエヴリンが、アンナの帰りを喜ぶとは思えな
い。いや絶対に嫌がるだろうし、「どうして私を頼らないのよ！」と怒るだろう。

（私を連れ戻すくらいなら、エヴリンも自分で手伝おうと言うはずだわ）

となると、今回の件はイーノックの独断だと推測される。

「大丈夫。君とエヴリンを会わせる気なんてないし、同格に扱うこともない」

「そういう問題じゃないのよ。相変わらず女心が分かっていないわね」

『アンナがイーノックの執務を手伝っている』——ただその事実だけでエヴリンは想像力を最大限に発揮してあらぬ誤解をするだろう。もしアンナがエヴリンの立場でも、それは怒る。

イーノックとの仲にもヒビが入ることは誰の目から見ても明らかだ。

イーノックは会わせるつもりはないと言っているが、職務上、ガルシア家やヒルデバルト家の人間とも顔を合わせる必要が出てしまう。エヴリンとはいつか廊下ですれ違うだろうし、実の娘の顔に金貨を投げつけた父ジェレッドとも会話しなければならない。

どれだけ給金を積まれようと、絶対に戻りたくない。

「日がな一日働かなければ生活を維持できないほど貧乏なんだろう？　冬は寒さに震え、夏は暑さに悶える。そんな底辺の村人暮らしと僕の秘書。どちらを選ぶかは明白なはずだ」

「そうね」

「そうだろう。分かったらさっさと馬車に」

「村人がいいわ」

「乗りたま――え？」

またしてもイーノックは虚《きょ》を突かれた顔をした。

「聞こえなかったの？　あなたの秘書より、ここでの暮らしがいいと言ったの」

アンナは繰り返す。

「貴族の価値観しかないあなたには分からないでしょうね。けれど住んでみれば分かるわ。村での生活がどんなに楽しいものか。一度こちらを味わったら、もうそちら側に戻ろうとは思えないわ」

「アンナ……！」

感極《かんきわ》まったように、ミアがアンナにしがみつく。その頭をひと撫でしてから、茫《ぼう》然《ぜん》と立ち尽くすイーノックに再度告げた。

「そういう訳だから私はあなたの秘書にはならない。帰ってくれる？」

「…………君がそこまで馬鹿だとは思わなかったよ。いや、田舎者に洗脳されてしまったのか」

イーノックは目元を押さえながら首を振り、指をパチンと弾いた。その合図で、彼の傍で控えていた護衛が一斉にアンナへと視線を向ける。

「アンナ。君には再教育が必要なようだ――連れていけ」

一斉に護衛が群がり、あっという間にアンナは拘束されてしまう。

「ちょっと！　放しなさい！」

「こらー！　アンナをどうするつもりなの！」

「どいてろ、平民風情が」

「きゃあ！」

ミアが護衛に肩を押され、地面を滑る。力が強いとはいえ、あくまで女性の中での話だ。本職の男性に敵うものではない。

「他の奴らも動くんじゃないぞ。これ以上我々の手を阻むようなら、容赦《ようしゃ》はせん」

護衛の人間は腰に収めていた剣の柄に手を添え、他の村人たちを威嚇《いかく》する。

「この卑怯《ひきょう》者！」

「アンナちゃんを連れていくんじゃないよ！」

「そうだそうだ！」

「黙れ田舎者ども！　おい、行くぞ」

「はっ」

イーノックは全員を一喝して黙らせてからきびすを返した。

馬車に戻ろうとするその道中で、ミアが彼の足を掴む。

「待って！　お願い、アンナを連れて行かないで！」

「汚い手で触れるな」

イーノックは汚らしいものを見る目でミアを見下ろし、彼女の顔を蹴った。

「あぐ⁉」

「土臭い平民風情が」

「イーノック！　あんたは……！」

アンナが食って掛かるが、両腕を取り押さえられた状態ではどうすることもできない。

「人間には生まれながらに上と下がある。平民が貴族に逆らう権利なんてない」

鋭い目で睨みつけるアンナに、イーノックはにやりと口を歪める。

「平民に下ってくれて感謝するよアンナ。貴族のままだったら手荒なことはできなかったからね」

「イーノック……ッ！」

村人を馬鹿にし、アンナの自由を奪い、挙句《あげく》にミアを蹴り飛ばして。

それでもイーノックには何の良心の呵責《かしゃく》もない様子だった。まるでそれが当然であるかのように——いや、彼はそういう風に育ってきたのだ。

「心配しなくても君の自由は保障する。ガルシア家に戻った後になるがな」

「嫌！　放して！」

暴れてなかなか馬車に入ろうとしないアンナの前で、イーノックは拳を握った。

「うるさいな。少し大人しくさせるか」

「！」

イーノックは使用人に平気で暴力を振るう。そういった場面を何度も見てきた。アンナにこれまで手を上げなかったのは、彼女が貴族だったから。彼にとって、アンナはもう殴っても許される平民なのだ。

「顔はやめておいてやるよ」

「――ッ」

「うごぁ⁉」

振りかぶったイーノックの腕に、矢がぶつかった。矢じりは石に取り換えてあったが、それでも十分な威力を持ったそれはアンナへのパンチを中断させ、彼をよろめかせた。

「誰だぁ！　この僕にこんなものをぶつけてきた奴はぁ……！」

当たった部分を押さえながら矢が飛んできた方向を睨み付けるイーノック。

その先にいたのは——狩人見習いのハルメイと、もう一人。

「ありがとうハルメイ。やはりお前は村で一番腕がいいな」

「兄ちゃん。アンナ姉ちゃんとミア姉ちゃんを助けてくれ！」

「もちろんだ」

ハルメイの頭に手を置き、立ち上がる青年。

いつもアンナが窮地に陥ったとき、颯爽と現れて助けてくれる、アンナの王子様。

「——ウィル！」

「ただいま、アンナ」

ウィル。

長らく村を出ていた彼が、そこにいた。

第十二章　塩男の正体

「このガキィ……！」

「待て。矢を放てと言ったのは俺だ。話なら俺が聞こう」

　ハルメイを睨むイーノックの視線を自分に向けさせたウィルは、そのままゆったりとした動作でアンナたちの元へとやって来た。

「この村人風情が……！　よくも高貴な僕の身体に怪我を負わせたなぁ！　見ろ、青くなっているじゃないか！」

「鍛え方が足《た》りないんじゃないか？」

「なんだとぉ!?」

　血走った目で睨むイーノックの視線を受けても、ウィルは悠々とした態度を崩さない。その服装が、いつもの茶色がベースのものではなく、白を基調としたものに変わっていた。

　町で着替えたのだろうか。いつものウィルと雰囲気が変わっていた。

「人間には上と下がある、村人のお前が僕を傷付けていい道理などない！」

「なら、王族はどうなる？」

「あ？」

勝手な持論を展開するイーノックに、ウィルは問いかける。

「王族はどこに位置している？　村人より下か？　それとも貴族より上か？」

「貴族より上に決まっているだろうがッ！　この田舎者が」

「なら、何の問題もないな」

「はぁ？」

「俺がお前をどうしようと、何の文句もないということだろう？」

ウィルは胸元にぶら下がるペンダントを、よく見えるように掲げた。篝火に照らされるその表面には大空を羽ばたく鷲と、虹の紋章が刻まれていた。

「そんな古臭いペンダントが何だというんだ！」

「自己紹介が遅れたな。俺はウィル――本名はウィリアム・ウェル・ノーラル」

「――え？」

ウィルの本名が耳に飛び込んできて、アンナは思わず素っ頓狂な声を出した。

彼の家名は、ノーラル王国名と同じものだった。

――ノーラル王国にはね、王族が保養地として使っていた村があるの。

――俺は女性不信になり、療養のためこの村に来た。

ミアとウィルの言葉が、一本の線で繋がる。

(まさか、ウィルって――)

「ま、待て。ノーラル、だと？」

イーノックも理解したようで、先程までの勢いを引っ込めて後ろに下がる。

「そう。ノーラル王国第十四代国王セイファム・ウラル・ノーラルが第一子――それが俺だ」

「――おっ、おう、おうおうおうおう」

まるで海の生き物のような声を上げ、イーノックはウィルを指差した。

「王族ぅ⁉」

「ケリック」

ウィルが一言呟くと、どこからともなくケリックが現れた。一瞬でイーノックを組み伏せ、彼の背中に膝を置いて地面に縫《ぬ》い留める。

「ほぎ⁉」

「王族への指差しは不敬罪に当たります。お控えください」

尋常《じんじょう》ではない戦闘力。素人のアンナの目からは、彼がなにをどうやったのか全く分からなかった。

「き、貴様！　貴族の上に村人が立つなど……ッ！」

抗おうとするイーノックに、ケリックは胸に隠していたペンダント——玉座の肘掛けに停まる鷲に傅《かしず》く蛇の紋章が刻まれている——を彼の前にぶら下げた。

「ケリック・オウル・サブアント。ノーラル王家の側近を代々務めさせていただいており、貴族としては公爵格に当たります」

「こっ……こうしゃく？」

「ええ。ですから家柄としてはあなたよりも上になります。イーノック・ガルシア伯爵殿」

眼鏡の位置を直しながら、ケリックは続ける。

「先程あなたがおっしゃった理論に基《もと》づけば、あなたを攻撃することは許されることになります。そして、あなたが私たちを攻撃することはできない。違いますか？」

「ぐッ……」

イーノックは押し黙った。自分が放った言葉により、自分の行動を縛り付けてしまっている。

これで二人に攻撃すれば、今度は村人が貴族に攻撃を加えてもいい——ということになる。そうなれば人数上、イーノックの方が不利になる。

「他の奴らはどうだ。文句があるならかかってこい。相手をしてやる」

「ウィル。あなたはまたそうやってご自身の玉体を危険に晒す。私が陛下に叱られてしまいます」

「いいだろ。今日くらいカッコ付けさせろ」

「はぁ」

積年の苦労が滲《にじ》み出るようなため息を吐きながら、ケリック。

「こっ、降参します！」

イーノックの部下たちは、次々にその場へ膝をつく。

「なんだ。かかってこないのか。まあいい」

ウィルとケリック。たった二人によって、形勢は完全に逆転した。

「さて。王族は貴族よりも上なんだったな」

「ひっ……」

ウィルがイーノックの前に腰を下ろすと、すっかり萎縮《いしゅく》した彼の喉から悲鳴が漏れる。

「俺がお前をどうしようと文句はない……そういうことだな？」

「わっ、私はサザラント王国の貴族だぞ！　陛下が愛する臣民を害されて黙っているとでも――」

「サザラントのおっさんか。小さい頃はよく遊んでもらったなぁ」

昔を懐かしむように、ウィルは目を細めた。

「確かにおっさんは正義感が強い。民《たみ》のことになると父上にでも平気で楯突《たて》くような熱血漢だ。今回の事態を知れば怒るかもしれない」

「そっ、そうだろう！　だったら僕を解放――」

「けど、それはお前に正義があった場合だけだ」

ゆっくりとイーノックに顔を近付けるウィル。

まるで子供に言い聞かせるように、耳元で囁く。

「お前に非があった場合――サザラントのおっさんはどれだけ怒るだろうな？」

自分勝手な都合でアンナを連れ戻そうとした。どう言い繕おうと、非はイーノックにある。

「俺もたった今来たところだ。どちらが騒動の発端《ほったん》なのかは知らん。こちらが先であればノーラル王家として謝罪と賠償《ばいしょう》をしよう。だが、違っていた場合は相応の覚悟をしてもらう。お前だけでなく、一族郎党全員の首が飛ぶと思え」

「あ、あ、あ、あひぃ……」

すっかり戦意喪失したイーノック。

ウィルはそこに一筋の糸を垂らした。

「──ただ、俺もそこまで暇じゃない。自分に非があると認めて潔《いさぎよ》く謝罪するのなら、この場で手打ちにしよう」

「申し訳ありませんでしたぁ！」

「どうする？　アンナ」

二人の会話を傍で聞いていたアンナは、咄嗟に反応できなかった。

ウィルが王族だった。その事実の大きさを、まだ頭の中で処理できていない。

「アンナ？」

「あっ、ごめんなさい。そうね……私にしたことは許してあげる」

「ケリック。離してやれ」

「……」

「ケリック」

「はっ」

ケリックから解放されると、イーノックはアンナの足元に縋《すが》りついた。

「ありがとうアンナ！　やはり君は良い女性だ！」

「勘違いしないで。私が許したのは、私に関することだけよ」

「へ？」

アンナは大きく手のひらを振りかぶり、イーノックの頬を張った。バチン！　と小気味よい音と共にイーノックが後ろに吹き飛び、ケリックの足元まで転がっていく。

「あぐぇぇぇぇぇ!?」

「私の親友にやったことに関しては、ケリックさんに許しを請《こ》いなさい」

そう言い放ってから、アンナはケリックの方を見やった。

「ケリックさん。ミアは――あなたの妻は、そいつに足蹴《あしげ》にされました。許せますか？」

「……そうですね。本音を申し上げますと、八《や》つ裂《ざ》きにしても足りないくらいです」

ケリックがイーノックを睨み付ける。いつも温和で、後ろ暗い感情を見せようとしないケリックが、はっきりと憎悪を露わにしている。

「謝った程度で許されるなんて、到底納得できません。私の愛する妻を足蹴にした奴など――」

その言葉を聞いた瞬間、ミアがケリックの元に駆け寄った。

「ケリックぅ……それ言うの遅いよぉ……」

「ミア？」

ケリックの胸元に顔を埋めるミア。両手でぽこぽこと叩きながら、

「馬鹿。あほ。鈍感《どんかん》。口下手。ヘタレ。私がどれだけ不安だったか……！」

「え……？　あの、どうして私は罵倒されているのでしょうか」

ミアの行動の理由が分からず、ケリックは怒りを霧散《むさん》させて困惑していた。

二人のやりとりをアンナは微笑みながら見ていた。

「ミアの話、聞いてあげてください。言いたいことが色々あるみたいなので」

すっかり意気消沈《いきしょうちん》したイーノックを放置し、アンナはウィルと共に広場から少し離れた長椅子に腰掛けた。

「ウィリアム王子。助けていただいて本当にありがとうございました」

「随分堅苦しいな。前の通り接してくれればいい」

「じゃあ……ウィル。あなた王族だったのね」

「驚いたか？」

「それはもう」

人生で一番驚いたと断言できるほどの衝撃だった。

ケリックが実は王族なのでは……と想像したことはあったが、ウィルが王族だとは露《つゆ》ほども思わなかった。

しかし、よく考えてみると不自然な点は色々とあった。ウィルの家にだけ鍵が付いていたり、ウィルだけ村の警備担当から外されていたり。

「みんな知っていたの？　あなたのこと」

「一部の人間だけだったんだが……今回で知れ渡ってしまったな」

「それってマズいんじゃゃない？」

「箝口令《かんこうれい》は敷かなければならないが、下手に口を割るような人はいないだろう。特に問題はない」

アンナは俯き、スカートの裾を握り締めた。

「ごめんなさい」

「どうしてアンナが謝るんだ」

「私がセイハ村に移住しなかったら、こんな迷惑をかけることなんてなかったわ」

アンナが婚約破棄と実家追放を計画しなければ。

ウィルに気持ちを伝えたいなんて我を通さなければ。

イーノックがこの村に来ることはなかった。

「そんなことを言うな」

「だって……」

ウィルはアンナの肩を抱き、胸に引き寄せる。

「アンナが村に来なければ、俺はずっと女性不信のままだった。王位を弟に押し付け、セイハ村で一生引きこもっていたかもしれない」

ウィルにはかつて婚約者がいた。互いに信頼し合える、理想のパートナーだと思っていた。

しかし彼女はウィルを裏切っていた。ウィルの王位継承を良しとしない弟・レオナルドの側近と密かに通じ、ウィルの暗殺を企《くわだ》てていた。

ウィルの弟・レオナルドに王位を継がせ、自身が宰相《さいしょう》となる——そんな計画に加担していたのだ。

幸いにもその計画は実行前に発覚し、両者は処分された。

暗殺を免れたウィルだが、信頼しきっていた婚約者の裏切りは心に深い傷を付けた。

その後もウィルにとっては辛い日々が続いた。婚約者不在となったウィルに見初《みそ》められようと、多くの貴族の娘が連日押し寄せてきたのだ。

自分を権力と金の塊《かたまり》にしか見ない令嬢たちに嫌気が差し、ウィルは完全なる女性不信に陥ってしまった。

「しばらく王宮を離れ、保養に専念するといい」

事態を重く見たノーラル国王は、ウィルを王国から離れたセイハ村に移住させることにした。

「二十歳になってもまだ改善のない場合、王位はレオに継いでもらう」

ノーラル国王とて不本意だった。処分した側近が思い描いた通り、ウィルの王位継承がなくなってしまうのだから。

しかしウィルに無理をさせる訳にはいかない。親の立場と王の立場で長らく悩んだ末、ノーラル国王はそう結論を出した。

「――そして女性不信が治らないまま十年が経過し、俺は来月二十になる」

ノーラル国王と約束していた年月が経過しようとしていた。

「じゃあ、王位は弟さんが……？」

「いや。俺が継承する。アンナのおかげで女性不信が治ったからな」

ウィルは晴れやかな笑顔で、そう告げた。

「アンナの真っ直ぐな気持ちが、俺を変えてくれたんだ。だから来なければ良かったなんて悲しいことを言わないでくれ」

「ウィル……」

「あのとき断ると言った告白の返事、変更させてもらってもいいか？」

アンナの手を握り、真っ直ぐに目を見つめる。

真剣な表情に、思わずアンナはどきりとした。

「アンナ。俺も君が好きになった。君以外の人物はもう、考えられない」

「――っ」

「俺と結婚してくれないか？」

「……はい、喜んで」

半年間の努力が報《むく》われ、アンナは見事に意中の人と結ばれることとなった。

「お待ちください。イーノック・ガルシアさん」

「は、はい！」

動ける気力を取り戻し、こっそりと馬車に乗り込もうとしていたイーノックはケリックに呼び止められ、肩を跳ね上げた。

「先程は妻がどうも」

ケリックはメガネを持ち上げる。反射の具合のせいで、彼がどんな表情をしているかは分からなかった。

イーノックは全力で土下座《どげざ》をした。

「申し訳ございません！　あなた様の奥方であるとは露知らず……！」

「大丈夫です。私の妻は強い上に寛容です。既にあなたのことを許すと申しておりました。ただ……」

「ただ？」

「私は妻ほど寛容ではありません」

ケリックはいつもの笑顔だった。いつもの笑顔で、イーノックの肩に優しく手を置いた。

「……!? あ、ぐ」

次の瞬間、イーノックは息もできないほどの重圧に押し潰されそうになる。まるで上から見えないなにかに押さえつけられているように動けず、息もできない。肺にため込んでいた空気が、か細い声に変換されて我先にと逃げていく。

(な、ん、だ、これ……!?)

重圧の根源が目の前の優男《やさおとこ》であることに、イーノックはしばらく経ってから気付いた。

「おや。どうしました。随分と汗をかいているようですが」

「……か、は」

ケリックが肩から手を離すと、嘘のように重圧はかき消えた。まるで魔法のようだ。

イーノックは咳《せ》き込みながら地面に膝をついた。

「アンナさんの調査の一環で、あなたのことも少し調べさせていただいておりました。イーノック・ガルシアさん。聞けば相当色々とされていたようで」

「い、色々とは……?」

「十ヶ月前。ガルシア家が管理しているチェリー農家の財務に関して」

「あ、あの！　その件に関してはどうかご内密に……！」

とある件に関して、日付まで正確に知られている。

ブラフではないと悟ったイーノックは全力で土下座した。

「他国とはいえ、あなたは我が国とも交流のある方だ。ああいった悪事を堂々とされては困りますね」

「はい、猛省《もうせい》しております！」

「いい機会です。妻にしでかした事への罰を含めて、私が直々に『再教育』して差し上げましょう」

ごきり。

ケリックの細指からは鳴るはずのない音が、なぜかイーノックの耳に届いた。

「あ、あ、あ……」

その後一週間、イーノックはケリックにみっちりと『再教育』を受けた。

第十三章　貴族↓村人↓王妃

――ノーラル王国・王宮内。

玉座の間にて、ウィルと、彼によく似た少年が手を取り合っていた。まだ幼さを残した少年の瞳には涙が薄らと浮かんでいる。

「兄上。僕は信じていました。兄上ならば必ず戻ってきてくださると……！」

「レオ。お前には相当な心労をかけてしまった。不出来な兄を許してくれ」

「とんでもありません。兄上を思えば僕の心労など些末なものです」

ノーラル王国第二王子・レオナルド。

兄弟というだけあり、顔立ちはウィルによく似ていた。同じ色の髪とよく似た髪型。違うのは身体つきや年齢からくる声の高さ程度で、本当にそっくりだ。

ウィル、そしてレオ以外にもこの場には多くの人間が集っていた。

巨大なノーラル王国を運営する各部の頂点にいる重鎮たち。それが一堂に会《かい》している。

ある者はウィルの帰還《きかん》に両手を上げて万歳を叫び。

ある者はウィルが王位継承を決意したことに、静かに涙を流していた。

そして、一際高い位置にある玉座に座している初老の人物。彼こそがウィルの父親であり、ノーラル王国を統《す》べる王だ。

ノーラル国王はなにをするでもなく、ただ静かに成り行きを見守っていた。

皆の注目を一手に集めていたウィルは、アンナへと手を向けて視線を誘導する。

「皆、紹介しよう。私の婚約者アンナだ」

「ひょ」

ノーラル王国の中枢を担う重鎮たちの視線を一斉に受け、アンナは喉の奥でか細い悲鳴を上げる。

もともと緊張しないタイプの人間だったが、ここまで上位の人間――しかも国王も含まれている――にたくさん囲まれると話は別だ。

「……ご紹介にあずかりましたアンナでございます」

緊張で各部の関節や筋肉がガチガチに硬直し、うまく身体が動かせない。油の切れた人形のようにぎこちないカーテシーをする。

実家を追い出される前の伯爵令嬢でも首を真上にしなければならない雲上人《うんじょうびと》ばか

りだ。

　間違っても一介《いっかい》の村人がいていい場所ではない。

「そんなに緊張するな。みな顔は怖いが人の良い者ばかりだ」

「ウィリアム殿下。顔が怖いは余計ですぞ」

「おおっとそうだったか。はっはっは」

「はは、はは……」

　朗《ほが》らかに笑い合うウィルと、ノーラル王国の某《なにがし》か——鎧と剣を装備していることから、軍事関係に属する者だろうか——を司《つかさど》る長《おさ》。アンナは乾いた笑いでその場を取り繕うことしかできなかった。

（告白オッケーしてもらえたまでは良かったけれど……ウィルが王位継承するってことは、それって……私が王妃になるっていうことよね？）

　ウィルが何者であったとしてもアンナの気持ちが変わることはない。そうでなければ貴族の身分を捨てて平民になっていない。しかし彼と婚姻《こんいん》すれば今度は平民から王族になってしまう。捨てたはずの身分よりも高くなるのはなんだか複雑な気分だった。

「あなたがアンナ様ですね」

ぱぁ、と顔を輝かせながらレオナルドが握手を求めてくる。

「お会いできる日を心待ちにしておりました。兄を救っていただき、ありがとうございます」

無邪気な子供のように愛らしい笑顔を浮かべるレオナルド。一回り小さなウィルを見ているようで、緊張で固まっている心が幾分《いくぶん》か緩んだ。

「いえ、私はそんなつもりじゃ」

「またまたご謙遜《けんそん》を。あなたの献身的《けんしんてき》な愛は兄から聞き及んでおりますよ」

「……へ？　た、例えば？」

「出会い頭《がしら》に村中に響く大声で愛を叫んだとか、絶対に兄を諦めないと宣言したとか」

レオナルドの言葉に、宰相たちが「うんうん」と頷く。

（なんでそれを言っちゃうのー!?）

アンナにとっては封印したい記憶たちが、なぜか美談へと昇華《しょうか》され、しかもノーラル王国の重鎮たちに広く伝わっていた。

「あのときアンナの気持ちを疑ってしまったことは、俺の人生で最大の汚点だ」

照れ臭そうに頬を掻くウィル。

った。

「あ、あはは……ははははは」

和《なご》やかな雰囲気を壊す訳にもいかず、やはりアンナはただ笑うことしかできなかった。

「それでは、こちらでしばしご休憩ください」

白髪の使用人に案内されるまま、別室の休憩室に通されるアンナ。

さすが王宮に勤める使用人というべきか、立ち振る舞いがそこいらの令嬢よりも完璧だ。

「なにかございましたらいつでもご用命くださいませ」

「ありがとうございます」

使用人を見送ってから、アンナは笑顔のままソファに倒れ込んだ。触れたことのない革の感触。おそらく気が遠くなるほど値打ちのあるものなのだろう。

「うぷ……」

堪えていた緊張が一気に噴出し、胃が裏返るような感触があった。こみ上げてくるなにかが出てこないよう、口に蓋《ふた》をする。

これからウィルと生活を共にするとなると、ノーラル王国の重鎮たちと幾度となく顔を合わせることになる。その度にこの緊張感を味わうと考えると、胃の奥がずしりと軋《きし》んだ。

「こんな調子でやっていけるのかしら」

「そんなに緊張することかの？」

「そりゃそうでしょ。大国ノーラルの重鎮たちが揃ひょぉう!?」

反射的にいつもの調子で返した言葉。その先にいる人物を見て、アンナは天井に頭が触れそうなほど高く飛び上がった。

「へ……陛下」

そこにいたのは、重鎮たちの中でも最も位の高い人物——ノーラル国王だった。

「い、いつからそちらに……？　というか、どこからいらっしゃったのですか」

アンナは扉の正面に顔を向けて座っていた。そちらから誰かが入ってくればすぐに気付く。

こっそり入ってくることなど不可能のはずなのだ。

ノーラル国王は、あっさりと一言。

「ん。隠し通路」

「隠し通路？」

「そう。ワシしか知らん通路が城内にたくさんあってな。こうして忍び込んで驚かせるのが趣味なんじゃ」

「……」

いつか心臓が止まってしまう人が出ませんように、とアンナは願わずにはいられなかった。

「お聞き苦しい声を聞かせてしまい、申し訳ありませんでした」

「いやぁ構わん構わん。もっと楽にしてくれ」

手をひらひらさせながら、ノーラル国王。

玉座の間では遠くてよく見えなかったが、近くで見るとなるほどウィルによく似ていた。髪の色や顔の輪郭《りんかく》、凜々しい目付きなどは彼譲りのようだ。

「先の場では人の目があったからな。こうして二人で話す機会が欲しかったのじゃ」

「光栄の極みでございます」

「そう硬くなる必要はないと言ったじゃろう？　普通に話してくれんか」

「そう言われましても」

一国の王とこのような場で話す機会のなかったアンナには、どの程度が最適なのかがよく分からない。あまりにも砕けた話し方にして機嫌を損ねてしまう――なんてこともあるかもしれない。

「セイハ村の村長と同じ程度でいい」

「り、了解しました」

「お前さんに言いたかったのはたった一つじゃ。国王としてではなく、息子を持つ父として」

ノーラル国王は――床に膝をつき、両手をついて深く頭を下げた。

「へ、陛下!」

大国ノーラルの国王が、一介の村人に土下座をする。あるはずのない光景に、アンナは悲鳴に近い声を上げた。

「頭をお上げください!　このような場面を他の方に見られたら――」

「うむ。じゃから二人だけで話をしたかったのじゃ」

アンナが顔を上げさせようとしても、ノーラル国王は頑《がん》として動かなかった。その姿勢のまま、告げる。

「我が息子ウィリアムの心の闇を晴らしてくれて、本当にありがとう。心より御礼を申し上げる」

国王として頭を下げる訳にはいかない。それを実行するにはしがらみや面子《めんつ》など、あまりにも問題が多過ぎる。なので、こうした内々でノーラル国王はアンナに頭を下げたのだ。

「ワシは執務にかまけるあまり、大切な息子に迫る危機に気付かなかったばかりか、その心を深く傷付けてしまった。そなたがいなければ、私も、レオも、そしてウィルも。未だ闇に苛《さいな》まれていただろう」

ウィルが深く傷付いたことにより、ノーラル国王も、そしてレオナルドも深い罪悪感に苛まれていた。ウィルを救ったことで、図らずもアンナは二人の心も同時に救っていたのだ。

「アンナ。そなたは元伯爵家であったと聞いているが……王族となることに抵抗はないのか？」

「ない……と言えば嘘になります」

王妃ともなれば他国との交流の場にも出席しない訳にはいかなくなる。一国の看板を背負わなければならないと考えると、その重圧は貴族の比ではない。

繰り返しになるが、ウィルと結ばれたことは本当に嬉しい。しかし王妃になる覚悟があるかと言われると少々難しいところだった。

「王家の恩人であるそなたに負担を強いたくない。王位継承を決心してくれたウィルには申し訳ないが、そなたと共にセイハ村に戻ってもらうことも今ならまだできるぞ」

　願ってもない申し出だった。

　何のしがらみもない村人として、ウィルと共に暮らしていく。それはアンナが当初思い描いていた理想だ。

「――いえ」

　しかしアンナは、その申し出に首を横に振った。

「ウィルが王位を継承すると決心したんです。彼がそれを望むなら、私はそれを全力で支えます」

「本当にそれで良いのか？　脅す訳ではないが……王妃は辛いぞ」

「私はウィルのために生きると決めたんです。そのために貴族籍も捨てました。王妃くらいへっちゃらです」

　ぐ、と拳を握り締める。話をしながら、アンナの中に僅かにあった迷いは完全に消えた。

「よくぞ言った！」

感極まったように、ノーラル国王。瞳からは滝のような涙が溢れていた。

「アンナ、そなたはノーラルの歴史に長く語り継がれる女傑《じょけつ》になるじゃろう」

「そんな大袈裟《おおげさ》な……」

結局、アンナの行動原理はただ一つ。

ウィルと一緒にいたい、というだけなのだから。

▼

アンナがノーラル王国に向かった頃。

収穫祭の片付けも終わり、すっかり元のセイハ村に戻った中で、ミアは間もなくやってくる冬への支度をしながら、しみじみと呟いた。

「まさか塩男が王子だったなんてねぇ」

セイハ村の冬は雪が積もるほど厳しい寒さとなる。外からの冷風が入らないよう、自宅の補強は必須だった。

「そうとは知らずに失礼なあだ名で呼んでいたけど……私、不敬罪で捕まったりしないよね？」

「大丈夫ですよ」

冷たい床に革製の敷物を置きながら――こうすることで凍《こご》えるような足元も幾分かましになる――、ケリック。

「ホント？」

「ええ。むしろ気楽に接してくれるあなたには感謝していたと思いますよ。決して口に出すことはありませんが」

「そういう素直じゃないところはあいつらしいねぇ……」

作業をしながら、ミアはケリックを見やった。

「どうしました？」

「ケリックはその……塩男が王位継承したら、どうするつもりなの？」

ウィルはノーラル王国の第一王子で、ケリックはその側近として村でのウィルの活動を手伝う役目を担っていた。

ウィルが王位継承し、王都に戻ると決意した今――ケリックがセイハ村にいる意味もなくなってしまう。

不安そうに唇を引き結ぶミアを、ケリックは優しく抱きしめた。

「もちろんここにいますよ」

「……ホント？」

「ええ。もう、愛する妻を不安にさせるようなことはしません」

愛する妻と言われ、ミアは自然と頬の筋肉の緩みを覚えた。

「けど、側近のお仕事は……」

「もちろん、それは手を打ってあります」

「手？」

ちょうどそのとき、家の扉が開かれた。

「ケリック。手紙が来てるよ――って、朝からお熱いねぇ」

「ええ。おかげさまで」

村人の言葉に、ケリックはミアを抱きしめる力を少しだけ強くした。

「あらまあ！　この家は冬も凍えなくて済みそうだわ」

「私がミアを愛する気持ちが冬の寒さに負ける道理はありませんからね」

「あ、あわわわ」

イーノックの一件があった直後、ミアはケリックに想いのたけをすべて打ち明けた。

愛情表現を一切しないことや、今もミアを好きなのか――など。

ケリックは不安にさせていたことに気付いておらず、大いにショックを受けていた。どうやらもう気持ちは通じているのだから、わざわざ口に出す必要はないと思っていたようだ。

その反省を踏まえ、もう二度とミアを不安にさせないと誓ったケリックは――なにかと愛を囁いてくれるようになった。

もちろん嬉しいいし、スキンシップも増えて幸せなのだが……他の村人がいてもお構いなし、というところは気恥ずかしい。

「ちょうどいいところに来ましたね。これが手を打っていたものになります」

ケリックは運ばれてきた手紙の封を開きながら質問に答える。

「私の一族は代々、王家の側近として仕えております」

一言に側近と言っても、その仕事は多岐《たき》にわたる。

王族の玉体を守る護衛から、執務をサポートする役まで。

それらをすべて一人でこなすことは不可能なので、それぞれ担当する区分が決められている。

「セイハ村でみんなが役割分担するみたいな感じだね」

「それに近いですね。私の担当は拷も……」

途中で咳払いをしてから、ケリックは言い直した。

「王国に悪さをする人々に『おしおき』をする役目をしていました」

「おしおきかぁ」

ミアの頭の中に、悪事を働いた人物の尻を叩くケリックの姿が浮かんだ。

「それじゃ、なおさら王都にいないといけないんじゃないの？」

「いえ。仕事内容が変わり、今は数値管理を任されています」

「数値管理？」

「王国のありとあらゆる計算に間違いがないか、その確認をする作業です」

封筒を開くと、みっちりと数値が記されていた。複雑過ぎてミアにはそれが何なのか分からなかったが、ケリックはさっと眺めてペンで何カ所か修正を入れた。

「――このように、王都を離れていても仕事は問題なくできる、という訳です」

「じゃあ、ホントにずっとセイハ村にいてくれるの……？」

「当然です。私の愛する妻は、ここにいるのですから」

「わぁーん！　よかったぁ」

「すみませんミア。またあなたを不安にさせてしまって」

「これはうれし涙だから全然いいよ～！」

ケリックは計算外の出来事が起こると動揺してしまうようで、ミアの涙を見ておろおろしていた。

一年越しに、ミアは愛する夫への理解を深めていた。

ひとしきり泣いた後、家の扉を誰かがノックしてきた。

「おや。今日は客人が多いですね」

ケリックが扉を開けると、そこには見慣れない人物が立っていた。

女性だった。ミアとほぼ同年代くらいだが、随分と大人びた雰囲気を纏っている。

「あ、あの。アンナという移住者を探しているのですが」

「どちら様でしょうか」

「不躾にすみません。私はエミリィと言います」

エミリィ。

その名前に、ミアは聞き覚えがあった。

「もしかしてアンナの元専属使用人さん？」

「そうです。実は、アンナの元婚約者がこの場所を探しているらしくて……」

「あー。それ、もう解決したよ」

「え？」

ぽかんと口を開くエミリィ。

どうやら危機を伝えに来てくれたようだが、完全に出遅れていた。

▼

「イーノックはどこに行ったのよ！」

ヒルデバルト家では、エヴリンの怒号が庭に響いていた。

なにも言わずにどこかに行ってしまったイーノックに相当ご立腹《りっぷく》のようだった。

「あいつ、私に何の報せも寄越さずに……！」

エヴリンがイーノックを好きで好きでたまらなくて、行動を逐一《ちくいち》把握したいから怒っている――という訳ではない。

彼女にとってイーノックはもはや『所有物』なのだ。手に入れた玩具《がんぐ》が勝手に動くことが我慢ならなかっただけで、そこに愛はない。

「エヴリン様」

「なによ」

「イーノック様がお戻りになられたようで、今正門前にいらっしゃっております」

「……いいわ。会ってあげるからすぐに支度を」

「は、はい！」

どうやらイーノックはお忍びで隣国にまで行っていたらしい。その理由まではまだ不明だ。

（ふん。隣国から宝石でも持ってきてくれたのなら許してやるけれど）

身支度を整えたエヴリンは、鏡の前でおかしなところがないかチェックしてから悠々と階段を降りる。

婚約者を待たせているから急がなければ――という気持ちは微塵《みじん》もない。

エヴリンにとって男は金を生み出すモノでしかない。モノのために急ぐなどという考えはそもそも彼女の頭になかった。

ロビーと外を繋ぐ扉が開けられ、イーノックがヒルデバルト家に入室する。

エヴリンは声音を三段階ほど高くして、イーノックを出迎えた。

「遅れて申し訳ありませんイーノック様ぁ。突然の来訪でしたので、準備に手間取りまして」

「なに、構わんさ。女性は支度に時間がかかるのは仕方のないことだ」

「――誰？」

イーノックの顔を見た瞬間、エヴリンは顔をしかめた。

見た目はイーノックそのものなのだが……なんだか違う気がする。元々自信過剰《かじょう》なきらいはあったものの、今の彼はまた異質なモノだ。

（なんか……目がぐるぐるしてるんだけど）

奇妙さを感じながら、エヴリンはどんな理由で隣国に行っていたのかを可愛く尋《じん》問《もん》する。

「それはそうと、何用で隣国まで行ってらっしゃったのですか？　もしかしてぇ、私のためになにかプレゼントを――」

「アンナに会ってきた」

「――あ？」

六段階ほど下がった声で、エヴリンは単語を発した。

（アンナ、アンナですって……⁉）

義姉アンナ。己に自信を持ち、常に堂々と振る舞うその姿は、一挙手一投足がエヴリンの癇《かん》に障《さわ》った。

「どういうおつもりですかイーノック様。返答次第では婚約も考え直さなければな

りません」

「実は、君の欲しいものを買うためにかなり無理をしていてな。その穴埋めとしてアンナを利用しようとしていたんだ！」

あまり声を大にして言えないようなことを、やけにはきはきと答えるイーノック。

「しかし失敗した！　アンナはノーラル王国の王子に見初められていてな！　その側近だという人物にこってりと絞られた！」

——実際は「こってり」どころではなかったのだが、その実態を知る者は今この場にはいない。

そんなことよりも気になることを、エヴリンの耳は捕らえていた。

「待ってください。今、なんと」

「側近だという人物にこってり——」

「そんなことはどうでもいいんです。その前」

「これは手厳しいな！」

はっはっは、と笑いながら、様子のおかしいイーノックは再度言い直した。

「アンナはノーラル王国の王子に見初められていた！」

「はあああああ⁉」

アンナがノーラル王国の王子と恋仲になっていた。

蹴落としたはずの義姉が自分の婚約者よりも地位の高い人物と結ばれたという事実は、エヴリンのプライドをひどく傷付けた。

小国の伯爵貴族と、大国の第一王子。天と地の差という言葉がこれほど当て嵌まるものもないだろう。

「イーノックの奴もなんだか気持ち悪くなってるし……なんなのよ一体！」

イーノックは朗らかな笑いを繰り返しながら、使用人たちに「今まですまなかった！」と謝って回っていた。人間は生まれながらに上下が決まっており、下が上に逆らうことは許されない――と常々口にして横柄《おうへい》な態度を取っていた以前の彼とはまるで別人だ。

しかし、おかしくなった婚約者の事などもはやエヴリンの頭の中にはなかった。

（考えてみれば不自然だったのよ。私の計画がこんなにもすんなりいくなんて）

アンナであれば性格上、婚約破棄も実家追放も抗議の一つや二つするだろうとエヴリンは考えていた。だから絶対に負けないよう反論材料をいくつも用意していたが……あまりにもあっさり引き下がったため、すべて無駄になった。

随分とすんなり負けを認めたことに違和感を覚えていたが、こうなることが目的と考えると納得がいく。

——アンナは最初から、これが目的だったのだ。

何らかの方法でノーラル王国の第一王子が村人に扮《ふん》していると知り、彼に取り入るためわざと平民になったのだ。元々いた婚約者を義妹に押し付けて。

つまりイーノックは、アンナにとってもとより不要品だった。

エヴリンはいらないものを横取りした。いや、させられた。

そしてそのことに今の今まで気付かず、間抜けにも勝ち誇っていたのだ。

「あの性悪女ァ！」

まるで突沸《とっぷつ》した水のように、エヴリンは怒りを爆発させた。机の上にあったものをなぎ払い、カーテンを引きちぎり、鏡を割り、飾られた花瓶を床に叩きつける。

大きな音が鳴り、すぐさま使用人たちが駆けつけた。

「エヴリン様。なにか大きな音がしましたが、大丈夫でございますか」

「うるさァい！」

「ひっ」

扉に本を投げつけ、使用人を黙らせる。

「アンナ……これで勝った気でいるつもり？」

奥歯が砕けそうなほどに歯を食い縛りながら、エヴリンは窓の外を睨んだ。

ここからでは見えないが、彼女の視線の遥《はる》か先の方角には、アンナのいるノーラル王国がある。

「あの女が落とした男なんて、私の美貌があれば簡単に落とせるんだから……！　見てなさい。イーノックみたいに王子も私が奪ってやる！　そうすれば私がノーラル王国の王妃よ！」

粉々に砕けた鏡がエヴリンの顔をいくつもの角度から映し出す。

そこに、本人が言うような美貌はどこにもなかった。

第十四章　妃教育と再会

「はい。今日はここまでにいたしましょう」

「……ありがとうございました」

アンナは机に突っ伏しながら顔を横に向けた。視線の先にある窓の外はすっかり夜の帳《とばり》が降りている。

妃教育は過酷を極めた。本来であれば十を超えた頃から始まり、長い年月をかけて行うものを十八のアンナが覚えなければならないのだから、スケジュールが過密になることは仕方のないことだった。

勉強は日が昇る頃から始まり、食事と休憩以外の時間はすべて作法の訓練に宛がわれていた。

ひとまずは翌月に迫る戴冠式《たいかんしき》を乗り切るため、座学などは後回しになっている。

作法やマナーに関しては貴族時代に覚えた経験を流用できているが、合格の判定基準が厳し過ぎた。

（まさかカーテシーで頭を下げる角度とか秒数まで決まってるなんて……）

「筋はとても良いです。戴冠式にはなんとか間に合うでしょう」

「はひ」

アンナの成績を淡々と紙に書き込む妃教育係の教師。授業中は鬼そのものだが、それ以外では雑談も交えてくれるので話しやすい。

「そういえばアンナ様。専属使用人はもう誰か決めておられますか？」

「専属使用人……ですか」

ノーラル王国には王家直属の使用人一族が存在している。立場としては公爵家になるが、彼らは表舞台に出ず王族の身の回りの世話だけを行う。

セイハ村にいたケリックもこの一族の生まれだという。

アンナも王妃になる以上、最低一人は専属使用人を付けなければならない。

「既にお聞きかもしれませんが、その中から選ばなければならないということはありませんよ」

以前はケリックの一族からしか選べなかったらしいが、十年前に王家を裏切った者が現れたせいで信用は失墜《しっつい》した。

それ以降は一族以外からでも専属の使用人を選んでも良い、という風に改訂されている。もちろん誰でも良い訳ではなく、信用の有無や王族の使用人試験を突破してもらわなければならないが。

「適任がいないんですよね……」

セイハ村の誰かであれば候補は何人かいる。あの村にはウィルもケリックも長く住んでいたので、信用という点ではすんなりクリアできるだろう。

しかし彼女たちは混じりっけなしの村人だ。王族の使用人試験がいかほどのものかは想像するしかないが、簡単に突破できるとは思えない。

となると経験者を呼んだ方が——となるが、生憎《あいにく》使用人の知り合いはヒルデバルト家にしかいない。彼女たちは実力こそ申し分ないが、信用という面で問題が生じる可能性がある。

唯一、両方の問題を解決できる人物がいるにはいるが……。

(エミリィに来てほしいけれど……さすがに迷惑よね)

アンナが最も信頼を置く使用人、エミリィ。彼女を呼ぶのが最適ではあるが、それはアンナ側の都合でしかない。彼女との関係は切れていないが、今は主従関係ではなく友人だ。

今さらまた専属使用人になってくれ、などと言っても迷惑なだけだろう。

「まあ、専属使用人に関しては後からでも構いません。まずは戴冠式を乗り切りましょう」

「はい。明日もよろしくお願いします」

「こちらこそ。では、失礼いたします」

教師を見送ってから、アンナは寝間着に着替えた。彼女に宛がわれた私室はとんでもなく大きく、セイハ村で過ごした家よりも広い場所が寝るためだけに使われている。

部屋の中央に鎮座するベッドはふかふかで、ようやく硬いベッドに慣れたところだったのに、またしても強烈な違和感をアンナに与えていた。

「貴族に始まり、村人を経て王妃へ……こんなにも立場が変わった人間なんて私くらいでしょうね」

くすりと笑いながら独り言ちる。

アンナが両手を広げても両端に手が届かないほど大きな窓の外には明るい月が浮かび、ノーラル王国の城下町をぼんやりと照らしていた。

「ウィルはまだ起きているのね」

アンナの私室から見えるウィルの執務室は、まだ明かりが灯っていた。彼女と同様、ウィルも戴冠式に向け諸々《もろもろ》の調整に入っているため、忙殺《ぼうさつ》されていると聞いている。

妃教育が始まってから、ウィルとは会っていない。

「次に会えるのは二週間後の戴冠式かぁ」

正確に言えば戴冠式前の予行演習で顔を合わせることになるが、自由に話すことはできない。

これまで毎日顔を合わせ、他愛のない会話をするのが当たり前の生活を送っていたため、少し寂しさを覚えてしまう。

「って、こんなことで弱音を吐いてちゃ駄目ね」

勢いよく首を横に振り、ウィルに会いたい気持ちを振り払う。

「彼に相応しい王妃になれるよう、頑張らないと」

拳を握り締めて決意を新たにしてから、アンナは眠りについた。

翌早朝から、アンナは再び作法の訓練に勤《いそ》しんだ。

「今のお辞儀はいいですね。今度は左右差がないよう意識してみましょう」

「左右差？」

お辞儀の訓練をしながら、聞いたことのない単語を言われアンナは首を傾げる。

「右から見ても左から見ても美しく見えるようにすることです。アンナ様は少し右寄りになっていますので、次はそこを意識してみてください」

（えええ〜⁉︎）

無茶ぶりとも言える要望だが、これもウィルのため——そう考えながら、アンナは必死でお辞儀を繰り返した。

昼の休憩を迎え、息も絶え絶えに机に突っ伏していると、使用人から尋ね人が来たという報せを聞いた。

「セイハ村からミアという女性の方が」

「！　知り合いです」

ちらり、と教師に目をやると、彼女は薄く笑って頷いた。

「いいですよ。会ってきてくださいませ」

「ありがとうございます！」

応接室に行くなり、待っていたミアにアンナは飛びつかれる。

「アンナ〜！　久しぶり！」

「久しぶりねミア。あれからイーノックがちょっかいかけに来たりしていない？」

イーノックは執念深い。ウィルはもう二度と手出しはさせないと言い切っていたが、やはり気になる。

「うん。ケリックがしっかりおしおきしてくれたから、もう絶対悪さはしないよ」

（……おしおき？）

気になる単語が目の前を通り過ぎたが、それを考える前にミアに袖を引かれる。

「そうそう、アンナに会いたいって言う人を連れて来たよ」

「私に？」

「うん。入ってきてー」

客人用の入口の扉が開き、そこから入ってきたのは。

「……エミリィ？」

私服姿で髪を下ろしていたので一瞬、誰か分からなかった。

しかしそこにいるのは間違いなく、かつてのアンナの専属使用人であるエミリィだった。

「アンナ。無事で良かった」

「どうしたの？　というか、どうしてここに？」

「実は……」

エミリィはここに来るに至った経緯をかいつまんでアンナに話した。

手紙を横取りされてアンナの居場所がバレてしまったこと。

イーノックが良からぬことを企んでいたこと。

それを伝えるべく、エミリィもセイハ村に向かったこと。

しかし一足遅く、イーノックに先に辿り着かれてしまっていたこと。

すべてを聞き終え、アンナは納得したように頷く。

「……そう。イーノックが来たのは私の手紙が原因だったのね」

二度目に出した手紙で「セイハ村においで」と提案していたことを思い出す。

どうやってイーノックがアンナの居場所を突き止めたのか疑問だったが、裏では
そういうことになっていたらしい。

「アンナのせいじゃないわ。私が手紙を読まれていなければよかったの」

「あまり自分を責めないで」

誰がどう見ても悪いのは人の手紙を横取りして読んだイーノックだ。

「間に合わなくてごめんなさい。そのせいでミアも怪我をしたって聞いたわ」

「それはもういいってば」

ここに来る前にもう何度も謝られたのだろう。ミアは苦笑しながら自らの頬を撫でた。

「あの人に蹴られたのは腹が立ったけど、おかげでケリックの気持ちも聞けたし。むしろラッキーだったよー」

その表情は、どこか幸せそうに緩んでいた。

「私も気にしてないわ。わざわざ伝えに来てくれてありがとね」

「本当に……無事で良かった。私のせいでアンナの平穏が崩れたらどうしようって思って」

「ほらほら、泣かないの」

安堵で涙をこぼすエミリィの背中を、ミアとアンナで優しく撫でる。

「ところでエミリィ。こんなところまで来て大丈夫なの？」

セイハ村を経由してノーラル王国まで来たとなれば既に二週間は経過している。ヒルデバルト家の使用人はよほどの理由がない限り――例えば、両親が危篤《きとく》であるとか――長期休暇を許されない。

エミリィは孤児なので実家関係の理由は使えない。とすれば、どうやって長期休暇をもぎ取ったのだろうか。

そんな心配を、エミリィはたった一言で片付けた。

「大丈夫よ。辞めてきたから」

「ああそうなんだ――って、えええええ⁉」

どうやら長期休暇を申し出たがエヴリンの邪魔により認めてもらえず「嫌なら辞めればいいじゃない」という言葉をそのまま受け入れ辞めてきた、とのこと。

「エミリィらしくないわね。そんなにも感情的になるなんて」

「アンナが私のせいで危なくなるって思ったら……つい」

「ちなみにだけど、次の仕事のアテはあるの？」

「いいえ。まあ、待遇さえ気にしなければ使用人の仕事なんて――」

いくらでもある、と言おうとしたエミリィの両肩を摑み、アンナは彼女にずいと迫った。

「ヒルデバルト家よりも好待遇の仕事があるんだけれど……話、聞いてみない？」

――こうして、エミリィはノーラル王家の使用人試験を受けることになった。

あっという間に戴冠式の前日になった。今日は本番さながらの予行演習が行われることになっている。

最低限の作法と式中の段取りを頭に叩き込んだアンナは、ギリギリで合格を言い渡される。

本番と同じなめらかな生地を用いたドレスを身に纏い、練習による睡眠不足と疲労を隠すため、いつもより化粧は厚めに塗りたくられた。

「動きに違和感がある箇所はございますか?」

「大丈夫です。ありがとうございます」

服飾担当の使用人に礼を告げる。

下々《しもじも》の人間に敬語は禁止——なんて言う貴族や王族がいるが、ノーラル一族にそういったルールはない。レオナルドのように、全員に対して敬語という一風《いっぷう》変わった王子もいるくらいだ。アンナとしてはそちらの方がやりやすい。

「そうそう。エミリィですが、先程使用人試験を合格したとの報せがありました」

「本当ですか?」

「ええ。ですので明日の戴冠式には一緒に出られますよ」

エミリィならば必ず試験を突破できると踏んでいたが、ここまで早いことはさすがに予想外だった。

「絶対、一緒に戴冠式に出ます」という宣言を、エミリィは見事に現実のものとしてみせたのだ。

「頑張ったのね、エミリィ。すごいわ」

王宮内のどこかにいるであろう彼女に向けて、アンナは祝いの言葉を投げた。

戴冠式の予行演習は衣装など、すべて本番と同様のものを使用し、用意された台詞などもすべて一通り実行する。違うのは開催場所くらいだ。今は王宮内で行われているが、本番は広場で行われ、その後、城下町を馬車で一周する流れになっている。

約一ヶ月ぶりに会ったウィルは少し疲れが見え隠れしていたものの、思っていたよりも元気そうだった。

互いに会話をする暇がなかったので、軽く目配せをする程度で済ませ、予行演習に集中した。

「――では、以上を以て戴冠の儀《ぎ》を終了とする」

予行演習はつつがなく終了し、残すは本番のみとなった。

（最初はどうなることかと思ったけれど、意外と何とかなるものね……）

安堵するのはまだ早いと分かっていても、一息つかずにはいられない。

「アンナ」

「ウィル！」

廊下を歩いていると、ウィルに声をかけられる。

「随分と無茶をしたみたいだな。苗を植えていたときよりも疲れた顔をしているぞ」

「そういうウィルも。朝から夕方まで薪を割ったときくらい疲れているわよ」

とても次期国王と王妃がする内容ではない会話をしながら、どちらともなく「ぷ」と笑い合う。

「父上から俺の決断を尊重してくれたと聞いたが……良かったのか？」

「ええ。これまでたくさん助けてもらった分、あなたを助けさせて」

「……ありがとう」

柔らかく微笑むウィル。大好きな人の笑顔を見られるだけで、アンナはとても幸せだ。

「そうだ。今日はもう自由時間だろう？　良かったら食事で――」

「ウィリアム殿下。明日の件で少しお話よろしいでしょうか？」

宰相に呼ばれ、ウィルは手で顔を覆った。

「今行く」

名残惜しそうにアンナから離れながら、念押しをする。

「今日は一緒に食事しよう。また迎えに行くから」

「分かったわ。楽しみにしてる」

ウィルを待つ間、手持ち無沙汰《ぶさた》になってしまったアンナはもう少しだけ練習しようときびすを返した。

「アンナお義姉様！」

振り向いた先にいた人物に、アンナは眉をひそめる。

「……エヴリン？」

ヒルデバルト家にいるはずの義妹・エヴリンが、なぜかノーラル王宮の中にいた。

第十五章　姉妹対決

「やっとお会いできました」

早足でやってきたエヴリンは、上下する息を整えるように胸に手を置いた。

「あなた、どうしてここに？　というか、どうやって入ってきたの？」

現在、王宮はすべての場所の立ち入りが封鎖《ふうさ》されている。部外者は入り込めないはずだ。

「お義姉様の家族だとお伝えしたら、優しい兵士の方がここまで案内してくださいました」

「……そう」

既にアンナはヒルデバルト家の人間ではないが、一応身内ではあった。その事実と猫被りを駆使《くし》して堂々と正面から入ってきたようだ。

エヴリンの本性を見破ることは困難だ。案内した兵士を責めることはできない。

「平民に下ってからずっと身を案じておりましたが、ご壮健《そうけん》そうでなによりです」

愛らしい笑みを浮かべるエヴリン。

「どうしてもお義姉様にお祝いの言葉を贈りたくて……この度はご婚約、おめでとうございます」

「ありがとう」

本性を知らなければ、わざわざ義姉のために駆けつけた心優しい義妹――なのだが。彼女がそんなことのためにやって来るはずがない。

アンナがイーノックより位の高い人物と婚約したことが許せないのだろう。

（目的はウィルを自分の虜にするため……ってところかしら。イーノックのときみたいに）

エヴリンがウィルと話をする場面を想像しただけで、アンナは出所不明の怒りが湧き上がった。

（ウィルは渡さないわ。絶対に）

ここでエヴリンを拒絶し、強引に追い出すことは簡単だ。しかし、それは諸刃《もろは》の剣になりかねない。事情を知らない他の人間が見れば、義姉と慕う義妹を追い払う場面に映る。

僅かでも妙な噂が立てば、いつか、どこかでウィルの迷惑になる可能性だってある。

だから、エヴリンには自らの意志でここから立ち去ってもらわなければならない。

「あなたにおめでとうと言ってもらえるなんて、今日はいい日ね」

――エヴリンと同様に、アンナも仮面を被った。彼女を円満に追い払うために。

アンナの胸中を知ってか知らずか、エヴリンはにこやかに話を進めていく。

「ヒルデバルト家から王族の縁者が出るだなんて、お父様もお喜びになられますわ」

「残念だけれど、私はもうヒルデバルト家の人間ではないわ」

目を伏せ、アンナは悲しい表情を浮かべた。

「ごめんなさいねエヴリン。気付かないまま、あなたに嫌な思いをさせてしまって」

「――ぁ」

エヴリンに嫉妬し、度重なる嫌がらせを行った結果、アンナは追放処分。

『そういう設定』でアンナを追い出したことを、今まで忘れていたようだ。

「わ、私はもう気にしておりません！　お義姉様さえ良ければまたヒルデバルト家に籍を戻してください。お父様には私が」

「いいえ。私は一度家名に泥を塗ってしまった。今さらのうのうと戻ることはできないわ」

「そんな悲しいことをおっしゃらないでください」

目に涙を浮かべるエヴリン。悲しい表情を浮かべてはいるが、内心では焦《あせ》っているようだ。

「ノーラル王国の王妃となられたのなら、お父様も喜んで除籍を解いてくださいます。お願いですお義姉様。戻ってきてくださいませ」

王族との婚姻がもたらす利益は巨大だ。たとえどんな罪を犯して追放されたとしても帳消しにできるほどだ。

それをヒルデバルト家に享受させるつもりは全く無い。

たとえエヴリンの件が無くとも、母を侮辱《ぶじょく》したジェレッドをアンナは許すことができなかった。力無く首を振る真似をする。

「私は戻らないし、戻れないわ。あなたももう私のことを義姉と呼ぶ必要なんてないわ」

「確かに書類上、私たちはもう姉妹ではありません。けれどそれでも、私はまだお義姉様をお慕いしております」

「あなたに嫌がらせをしていたのに？」

「い……今思い返せば、私の勘違いも大いに含まれていました。本当にごめんなさい」

エヴリンは深く頭を下げた。

「なにも考えずお父様に相談した私がバカでした。翌日にお義姉様がいなくなって、私がどんなに悲しかったことか」

（よくもまあ、そんなことが言えたわね）

エヴリンは、アンナ追放の責任をジェレッドに押し付け、自分も被害者であるかのように振る舞った。彼女にとって、男という生き物は本当にただただ都合の良い存在なのだろう。

「ありがとう。こんな私をまだ義姉と呼んでくれて。けれどもう私たちの絆《きずな》は断たれてしまったわ。これからはお互い干渉せずに生きていきましょう」

「そんな……」

エヴリンは小さくすすり泣く。どうやら彼女は自由自在に涙を出せるらしい。

「分かりました。お義姉様がそうおっしゃるのなら」

「ここまで来てくれてありがとう。顔を見られただけで嬉しかったわ」

きびすを返し、出口へと向かうエヴリン。

その後ろ姿を見送りながら、アンナは追い払うことに成功した――と安堵したのも束の間、エヴリンがぴたりと足を止める。

「そうだお義姉様。できれば今後も定期的にお会いできませんか？」

「……なんですって？」

「お義姉様がお義姉様でなくなっても、あなたは私の憧れの方なんです。定期的にお会いして、元気を分けていただきたいなと思いまして」

（しぶといわね……！）

もう諦めたと油断した傍からこれだ。条件をいくつか譲歩し、アンナと会う約束だけを取り付けようとしている。

（今回の落とし所をそこにしたのね）

アンナと会う機会さえ設ければ、いつかウィルと出会うときも訪れるだろう。エヴリンはそれを狙っている。

ウィルは既にエヴリンの本性を知っている。彼ならばエヴリンの色香《いろか》に騙されることもない。

――そう信じてはいるが、それでも不安は拭えない。こと人心掌握《じんしんしょうあく》において、エヴリンはアンナより何枚も上手だ。

アンナの献身によってウィルが心証を変えたように、エヴリンへの心証も変化する可能性はゼロではない。

最愛の人を誰かに奪われる。考えただけで震えが止まらなかった。

「けれどサザラント王国からノーラル王国まで、何度も往復するのは面倒でしょう」

「そこまで頻繁にお邪魔するつもりはありません。お義姉様もお忙しいでしょうし。半年……いえ、年に一度でもいいんです。お義姉様の元気なお姿を見せてくださいませんか？」

ウィルを奪いに来たのなら返り討ちにできたが、エヴリンはただ義姉に会いたいと言っているだけ。本当の理由を隠し、条件を下げ、断られにくいやり方を選んでいる。

実に腹立たしく、嫌らしい手口だ。

（私一人だとこの辺りが限界ね）

アンナはエヴリンの交渉術に賛辞を送りながら、助《すけ》っ人《と》を呼んだ。

（残念だけど、ウィルは絶対に奪わせないわよ）

僅かな糸も残さずに断絶するために。

「そうそう。あなたに紹介しておきたい人がいるの」

「……私に、ですか？」

アンナは話題を急転換させた。

きょとんとしながらエヴリンは首を傾げる。

「ええ。来てちょうだい」

廊下の角から出てきた人物に、エヴリンは思わず「ゔ」とくぐもった声を出した。

「ご無沙汰しておりますエヴリンお嬢様」

「エミリィ！　あんた……いえ、あなた、どうしてここに？」

一瞬剝がれかけた化けの皮を慌てて貼り直し、エヴリンは取り繕った。

「職を失った私の行く末を憂《うれ》いたアンナ様が、もう一度仕える機会をお与えくださったのです」

「……！」

「あのとき退職を勧めてくださってありがとうございます、エヴリンお嬢様。おかげで再びアンナ様にお仕えすることができました」

エヴリンが僅かに顔を歪め、アンナを睨んだ。まるでエミリィが辞めたこともお前の差し金か、と言わんばかりの表情だ。

　実際アンナは指示など出していないが、それを証明する術はここにはない。

　だからアンナは、どちらの意味でも捉えられるように微笑んだ。

「ところでアンナ様。定期的にエヴリン様とお会いするとのお話でしたが……その件に関して、僭越《せんえつ》ながら具申《ぐしん》させていただいても宜しいでしょうか？」

「あら、なにかしら？」

「あまり大声では申し上げにくいので……」

　わざとらしく耳打ちしようとするエミリィ。

　それを遮るように、エヴリンは大きな声を出した。

「あーー！　私、急用を思い出しましたわ！　これにて失礼いたします！」

　カーテシーもせず、そのまま物凄い速度で出口まで走り去ってしまった。

　それを二人で見送りながら、目を合わせる。

「……こんな感じで宜《よろ》しかったでしょうか？」

「ばっちりよ。さすが私の専属使用人」

　エヴリンと会話している最中、エミリィが割って入ろうとした。アンナはそれを押し留め、自分だけで追い払おうとしたのだ。

エミリィはエヴリンの本性を知り、またそのことをエヴリンが自覚している数少ない人物だ。

エミリィがいる限り、エヴリンはもうノーラルに来ようとはしないだろう。

来れば自分がどのような所業《しょぎょう》をしていたかをバラされる——そう思わざるを得ない。

エミリィは言わば対エヴリン用の最終兵器だった。

「できればあなたの力を借りずに追い払いたかったんだけど……私も衰《おとろ》えちゃったかなぁ」

「咄嗟に私を待機させた時点でなにも衰えていないと思いますよ」

やはりヒルデバルト家は、重宝する人間を間違えていた。エミリィの予想は当たっていたのだ。

「そういえば、使用人試験合格おめでとう」

「ありがとうございます。再びアンナ様にお仕えできること、至上の喜びであると存じます」

以前よりも優雅に、エミリィはお辞儀をした。

「やはり私とアンナ様の関係はこっちの方がしっくりきますね」

「そう？」

アンナとしては友人関係でもうまくやっていけそうな気がしていたが、エミリィからすると違和感があったようだ。

「これからもよろしくね」

「こちらこそ、よろしくお願いいたします」

アンナが差し出した手を、エミリィは恭《うやうや》しく握った。

▼

「クッソォ……なんであいつがここにいるのよ！」

王宮から大急ぎで逃げながら、エヴリンは悪態《あくたい》を吐いた。

エミリィはアンナの元専属使用人だ。アンナ同様、なんだか気に入らなかったのでずっと裏庭で無意味な労働に従事させていた。

自分の仕事に誇りを持っている者ほど、そういう嫌がらせは覿面《てきめん》に効いた。放っておけば遠からぬうちに辞めるだろうとばかり思っていた。

しかし何ヶ月経っても彼女は辞める気配がなかった。そんなときに長期休暇を申し出てきたので却下し、「嫌なら辞めろ」と嫌味を言ってやった。

結果、エミリィはとうとうヒルデバルト家を去って行った。アンナに通じていた人間がようやく全員消えたと、エヴリンはとても喜んだ。


追放したと思っていたアンナが隣国の王子に見初められ。

辞めさせたと思っていた使用人が、再びアンナの専属使用人になっていた。

こんな偶然があるものか。

すべてがアンナの手のひらの上だったのだ。

(あの性悪女……悪役令嬢めぇ！)

――実際、エミリィに関しては完全なる偶然なのだが、エヴリンにそれが分かるはずもない。

アンナの思惑《おもわく》通り、エヴリンは勘違いを引き起こしていた。

(一旦引いてあげるけど、これで終わったと思わないことね、アンナ……！　絶対にまた戻ってきて――)

「きゃっ」

「おっと」

ちょうど角を曲がったそのとき、エヴリンは出会い頭に人とぶつかった。

「すまない、急いでいた」

「いえ、こちらこそ……」

(気を付けろよ馬鹿野郎——って)

ぶつかった人物を見た瞬間、エヴリンは目の色を変えた。

(なにこの人。格好いい!)

真一文字に引き締めた唇。光を淡く反射する金の髪。憂《うれ》いを帯びた表情。均整《きんせい》の取れた身体付き。身に付けた数々の装飾品は一見しただけで最高級のものだと分かる。それらをすべて合わせても、彼本人が放つ輝きには遠く及ばなかった。まるで絵本の中の王子様が具現《ぐげん》化して出てきたかのようだ。

男など金の運び手としか見てこなかったエヴリンにとって、その胸のときめきはまさしく『初恋』だった。

「どうした。俺の顔になにか付いているか?」

「あ、いえ——失礼しました」

男に見蕩《みと》れていた自分自身に驚くエヴリン。

これまでは見蕩れさせる側だったのに、彼の前ではそれが逆転してしまっている。

「あの、私はエヴリンと申します。よろしければお名前をお聞かせくださいませんか？」

エヴリンは持てる力のすべてを注ぎ込み、渾身のおねだりをした。表情・仕草・声質。すべてが完璧だ。

「ウィルだ」

「ウィル……さま」

（――って、ダメよエヴリン！　あんたはこの国の王子をメロメロにして、アンナを蹴落とさないといけないいんだから！）

はっと我に返るエヴリンだが、ウィルへの恋心を止められない。

「あの、もしよろしければ少しお話を」

「すまないが、大切な人を待たせているんだ」

「そうおっしゃらずに。ほんの五分だけでいいので――」

五分で落としてみせるとエヴリンは意気込んだ。

「しつこい」

「え？」

「しつこい、と言ったんだ」

そんなエヴリンを一刀両断するように、ウィルは冷たい目線を向けた。

「人が優しく言ってるうちに去ってくれないか。俺は女の中でも、君のようなぶりっ子が特に大嫌いなんだ」

「ぶ……ぶりっこ……」

男に愛された経験しかないエヴリンにとって、それは生まれて初めての塩対応だった。

「ふん」

白目を剝いてその場で泡を吹くエヴリンに鼻を鳴らし、ウィルは最愛の人――アンナの元へと急いだ。

第十六章　義妹の末路

「俺がいない間にそんなことがあったのか」

アンナはウィルと食後の談笑をしながら、今日あった出来事を話していた。

「ええ。絶対にウィルと会わせたくなかったんだけど……会ったのよね」

絶対に会わせるつもりのなかった二人が会ってしまい、アンナは頭を抱えた。

「どうしてそんなに嫌がるんだ。俺があいう女が嫌いって知っているだろう」

「……言わないとダメ？」

「無理には聞かないが、できれば聞かせてほしい」

アンナは不貞腐《ふてくさ》れるようにそっぽを向きながら答えた。

「万が一にもウィルの気持ちがエヴリンに傾いたら……って考えたら、怖くなって」

エヴリンの顔の良さはアンナも認めている。

人が恋に落ちる時間は長さでは決まらない。目が合った瞬間に互いを運命の人だと認識するかもしれない。

――すまないなアンナ。俺は真実の愛を見つけたんだ！

そんな未来を考えただけで、アンナは足元の床が消失するようなおぞましい感覚を覚えた。

要するに、ウィルに対して独占欲を発揮していたのだ。

起こる確率が万が一であっても、可能性があるなら排除しておきたかった。

「馬鹿」

「いたっ」

アンナが白状すると、ウィルは怒ったように彼女の額を突いた。

「見くびってくれるな。俺がアンナ以外の女に心を奪われるなんて、億に一つでもあるものか。俺が寄ってくる女を苦手にしていることは知っているだろう？」

「けど……治ったんでしょう？　女性不信」

「症状が改善されただけだ。まだ君以外の女は苦手だ」

「うぅ……」

アンナもウィルを疑いたい訳ではない。しかしこれはいくら理論理屈を捏《こ》ねても抑えられるものではないのだ。

(これがミアの言っていた不安なのね)

恋は成就《じょうじゅ》する前も、した後も大変なのだ。

「仕方のない奴だな……じゃあ、これでどうだ」

「んっ」

表情の晴れないアンナを振り向かせ、ウィルはその唇に自分の唇を重ねた。

「どうだ？　これで少しは俺のことを信じてくれるか？」

「……ダメ」

アンナはウィルに体重を預け、胸元に頭を寄せた。

「一回じゃダメ。もっとしてくれないと不安で死んじゃうわ」

「それは困るな。なら、もっとしないとな」

くすくすと笑い合い、二人は飽きるまで唇を重ね合った。


そして迎えた戴冠式当日。アンナは控室でエミリィに最終チェックを受けていた。

「右良し、左良し、正面良し……完璧ですね」

「ありがとね、エミリィ。あなたがいてくれると心強いわ」

気丈《きじょう》に振る舞ってはいたものの、やはり気の知れた相手が傍にいると安心感が増す。

ウィルももちろんいるが、過ごした期間の長さや気楽さで言えばエミリィに軍配《ぐんばい》が上がる。

「そう言っていただけると、試験を頑張った甲斐があります」

疲れを感じさせない笑みを浮かべるエミリィ。

「アンナ様。そろそろ移動しましょう」

「ええ」


戴冠式は滞りなく終わりを迎え、ウィルは王位を継承した。

「今日は皆にもう一つ、報せたいことがある」

王冠を頭に戴いたウィルが、アンナを呼び寄せる。

「紹介しよう。未来の国母となる女性、アンナだ。彼女は長く病に苦しめられる私を献身的な愛で救ってくれたノーラルの恩人だ」

「ノーラル王国の皆さん。よろしくお願いします」

アンナはこれまでたくさん練習してきたお辞儀を完璧に決めた。

離れた場所で、妃教育の教師が涙を流して頷いていた。

ウィルとアンナはそのまま寄り添いながら、城下町をぐるりと一周する。

サザラント王国出身のアンナを非難する声も懸念されていたが、それは一切聞こえなかった。

こうして、アンナは名実ともにノーラル王国の一員となった。


表通りで歓声に包まれるウィルとアンナを悔しげな表情で眺めながら、エヴリンはノーラルの城下町で民家に爪を立てていた。

「ウィルさまが第一王子で、アンナの婚約者だったなんて……！」

惜しくも今回は負けてしまったが、せめて王子の顔を見てやろうと戴冠式を眺め——相手がウィルと知り、エヴリンは奥歯を噛みしめた。

「あんな素敵な人とアンナが婚約なんて……認めない。認めない認めない！」

エヴリンにとって初めての恋は、彼女がこの世で最も嫌う義姉によって失恋に終わった。

悔しさのあまり涙を零しながら、呪詛《じゅそ》のような言葉を吐き散らかす。

「おかしいわ。あんなイモ女が見初められて、私がこき下ろされるなんて……あるはずがないわ！」

エヴリンは自分の容姿に絶対の自信を持っていた。

アンナと比べて、十人が十人ともエヴリンを選ばせることだってできる。

しかし、それでもウィルの心を動かすことはできない。

エヴリンはそれを認められず、思考がおかしな方向へとねじ曲がっていく。

「きっと黒魔術でも使ったに違いないわ……！　美しいものが不細工《ぶさいく》に見えるようにされているのよ！　私があの方の呪いを解いて差し上げないと……！」

「それは面白い妄想ですね」

「ッ、誰よ！」

一人しかいないはずの路地裏から出てきたのは、小柄な少年だった。

愛くるしい笑みを振りまき、どことなくウィルの面影がある。

（――レオナルド第二王子⁉）

「こんにちは」

「レオナルド殿下、ごきげんよう。このような場所でどうされたのですか？」

相手が王子だと分かるや否や、エヴリンはすぐさま猫を被った。

時既に遅しだが、レオナルドは彼女の様子には特に頓着《とんちゃく》することなく、いつものにこにこした笑みを浮かべていた。

「ゴミ掃除です」

「まあ。王子なのにご立派ですね」

「なにか勘違いされているようですが……掃除されるゴミとはあなたのことですよ」

「……え？」

虫も殺せないほど人畜無害《じんちくむがい》そうな少年からとんでもない言葉が出てきたので、エヴリンは言われた意味を理解するまでにしばしの時間を要した。

「アンナ様は兄上の心の呪縛《じゅばく》を解き放ち、兄上が見初めた女性です。彼女を害するということは、すなわち兄上を害するのと同じこと」

レオナルドが細い指を鳴らすと、狭い路地に衛兵が大挙してやってくる。

あっという間にエヴリンは押さえ付けられ、拘束されてしまう。

「むー！　むがー！」

猿ぐつわをされて転がされるエヴリン。抗議の声ももはや意味を成さない。

レオナルドは歓声で湧き上がる大通りの方へと視線を移した。

「兄上がどれほどの思いであの場に立っているか。王位継承を決心されたことがどれほどの奇跡か、あなたには分からないでしょうね」

胸を押さえながら、レオナルドは僅かに眉を歪める。

「兄上に仇成す者を、僕はもう二度と見逃すつもりはありません――とはいえご安心を。傷付けたりはしませんので」

「むー！」

「ケリックが考案したあのやり方を試してみましょう。実践は初めてですが……まあ、大丈夫でしょう」

衛兵に担ぎ上げられるエヴリンを見送るレオナルド。その表情はやはりにこにこしたままだった。

「さて『おしおき』の時間です」

▼

――二週間後。

「もうすぐエヴリンお嬢様がお帰りになるわね」

ヒルデバルト家で働く使用人の誰かがそう言うと、使用人の控え室にどんよりとした空気が流れた。

　エヴリンの評判は言うまでもなく最悪だった。もちろん雇い主の娘を表立って悪く言うような命知らずはいないが、それでも彼女の名を聞いて明るくなるような使用人はこの屋敷にはいない。

　外面《そとづら》の良さが完璧過ぎることも厄介な理由の一つだ。当主に言おうにも、彼の前では完璧な『可愛い娘』を演じているので一切信じてもらえない。

　エヴリンは他人の幸せが大嫌いで、自分が一番でなければ気が済まない性格だ。

　特に、義姉だったアンナには人一倍の執着を見せていた。

　大抵のことは卒《そつ》なくこなすアンナと、見てくれだけのエヴリン。義理とはいえ姉妹という共通のくくりになってしまったことで比べられることを嫌ったのかもしれない。

　あるいは、もともと嫌っていたという可能性もある。

　だからアンナの追放に成功した今でも、アンナが幸せに暮らしていると聞けば黙っていられない。エヴリンはそういう性格だ。

「みんな、エヴリンお嬢様が帰ってきました。全員で出迎えの準備を」

「……っ。面倒だけれど、仕方ないわね」

　一人でも欠けるとエヴリンは途端に機嫌を損ね、当主に泣き落としを使う。

ひたすら彼女の我儘に耐えている方がまだ被害が少ないのだ。

「ただいま、皆さんっ。お出迎えありがとうございます」

「エヴリン……お嬢様？」

馬車から降りるなり、エヴリンはとびきり愛くるしい笑みを振りまいた。

表情を動かすにも力が必要だから、媚びを売る相手がいないときは仏頂面で固定されているエヴリンが、だ。

出て行ったときとは百八十度違う態度に、使用人たちは揃ってぽかんとした。

「使用人長はいらっしゃるかしら」

「は、はい。ここに」

使用人長が一歩前に出ると、エヴリンは彼女の手に箱を置いた。

「これ、ノーラル王国産の焼き菓子です。みなさんで召し上がってください」

「あ、ありがとうございます」

使用人などそこいらの石と変わらないと言っていたあのエヴリンが、使用人たちのためにお土産《みやげ》を買ってきてくれた。しかもかなりの銘菓《めいか》だ。

不敬ではあるが、その場にいた使用人が全員同じことを思った。

明日は槍でも降るのでは――と。

「うふふ。みなさんに喜んでいただけてなによりですわ」

「エヴリンお嬢様。随分と上機嫌でいらっしゃいますが、なにかいいことがあったのでしょうか？」

たまらず使用人長が尋ねた。尋ねてしまった。

不躾な質問にも拘わらず、エヴリンはにこりと微笑む。

「ええ、ええ――それはもう素敵な体験だったわ。これまでくだらないことに躍起になって自分を見失っていた。そのことに気付かせてもらったの」

「そ、そうなのですか」

「もうノーラル王国には足を向けて眠れませんね」

エヴリンの変化は使用人にとっては喜ばしいことだった。

これまでの横暴《おうぼう》を省《かえり》み、それを改めてくれるとなれば随分と働きやすくなる。

（エヴリン様の目、ずっとぐるぐる渦巻いていてまるで誰かに洗脳されたみたいになっているけれど……気のせいよね）

先日から豹変したイーノックと全く同じ目になっていたが、使用人長はそれも含めて気のせいとして疑問を捨て置いた。

その後、歪んだ性格が矯正されたイーノックとエヴリンは仲睦まじく暮らしたという。

二人がどのような経験を経て性格の矯正に至ったのか。

それを知る者は、誰もいなかった。

第十七章　三年後

「おはようございますアンナ様」

カーテンの開く音と閉じた瞼《まぶた》を貫通する光で、アンナは目を覚ました。

無意識に手を伸ばし、サイドテーブルに置いていた母の形見を身に付ける。

「おはよう、エミリィ」

「こちらは本日のお召し物です。補助は必要ありませんね」

「ええ。これなら一人で着られるわ」

袖を通すだけで簡単に着られる。初めてこれを着たときはその手軽さに感動を覚えたものだ。

「エミリィはその格好で行くつもり？」

「ええ」

「今日から仕事は休みなんだから私服にしなさい」

「……では、お言葉に甘えて」

私服に着替えたエミリィと共に王宮の裏庭に出ると、馬車の前ではウィルが既に準備を済ませていた。

いつもの白と赤を基調とした王の服ではなく、茶色が中心の村人服。

用意された馬車も、とてもではないが国王と王妃が乗るようなものではなかった。

「懐かしいわね」

しかし彼らはそこに喜々として乗り込む。

「ではレオ、留守の間は頼む」

「ええ。セイハ村でゆっくりとお休みください」


ウィルが王位を継承してから、三年という月日が矢のような早さで過ぎ去った。

諸々の問題を解決しようやく国内が安定したところで、アンナの妊娠が発覚した。

安全な出産と保養を兼ね、二人はセイハ村に戻ることにした。

滞在期間は約一年。その間、王国の運営はレオナルドと宰相たちに任せ、二人は国王と王妃ではなくただの村人として過ごす。

「見てウィル。セイハ村が見えてきたわ！」

幌を上げて正面を眺めていると、懐かしい外壁が見えてきた。

季節は冬の直前。あちこちに飾り付けが施される収穫祭の日だ。

「みなさん、ようこそセイハ村へ」

「ケリックさん。いえ、村長、とお呼びした方がいいですか？」

「なにをおっしゃいます。これまで通りで大丈夫です」

高齢となった前村長に代わり、今はケリックがセイハ村の村長を務めている。

「ミアはいますか？」

「ええ。自宅にいますのでぜひ会ってください」

記憶を頼りにミアの家まであぜ道を歩く。三年越しだが、迷うことは一切無かった。

のどかな村の風景を見渡しながら、アンナは懐かしさに目を細める。

「変わらないわね。この村は」

「だな」

道中、久しぶりに会う面々に手を振りながら、五分ほどでミアの家に到着した。

「アンナ！」

「久しぶりね、ミア」

手紙でのやりとりは欠かさなかったものの、実際に会うのは三年ぶりだ。

「髪、伸びたわね」

動き辛くなることを嫌い、肩より下には伸ばそうとしなかったミアの髪が背中まで伸びている。

「ヘンかな？」

「ううん。可愛いわ」

「へへ。ありがと」

照れ臭そうにミアは笑った。

「塩男も久しぶりだね～」

「俺をそんな失礼なあだ名で呼べるのは、世界広しと言えどお前だけだな」

呆れたように、ウィルが苦笑する。

「そろそろあだ名を変えてくれないか？　もう塩対応もしていないぞ」

「じゃあ……甘男？」

「やっぱり塩男のままでいい……ん？」

ふと、ウィルは視線を感じて仕切りの方を見やった。その先はケリックとミアのベッドルームだ。

そこから、小さな顔がこっそりとこちらを覗いていた。

「そうだ。紹介するね」

ミアがちょいちょいと手招きすると、小さな子供がミアに飛びついた。それを抱き上げる。

「ミック。うちの長男だよ～」

「わぁ、可愛い～！」

ケリックとミアの息子・ミックはきょとんとした表情でアンナたちを眺めていた。

「この子は大人しいけど、二人目はなかなかお転婆《てんば》だよ。さっき寝たところだから、起きたらまた紹介するね」

三年の間で、ケリックとミアは二人の子供を授《さず》かっていた。

「子供はやはりいいですね」

ミアに抱かれるミックと視線を合わせながら、エミリィが呟く。

「エミリィはどうなの？」

「……まずは相手を見つけないと」

「王都だったら出会いなんていくらでもありそうだけど」

「ほぼ王宮の中にしかいないから、会える人が限られてるのよ。そろそろまずいと思い始めてるわ」

エミリィは今年で二十一。適齢期を考えるなら、そろそろ相手を探さなければならない。

「この村で見つけるしかないね！」

「そんな都合良く相手が見つかるかしら」

はぁ……と、エミリィはぼやいた。

「今日は収穫祭だし。もしかしたら後夜祭で声をかけられるかも？」

一応、後夜祭に御利益（？）があることはアンナもミアも確認済みだ。

「だといいけど」

諦め半分、と言った具合でエミリィはため息を吐いた。

「アンナは今何ヶ月目？」

「もうすぐ三ヶ月目よ」

「つわりは大丈夫？」

「ええ。今のところは」

三ヶ月目は最も強くなると聞かされているが、まだ何の症状も出ていない。

「村にはベテランのお母さんがいっぱいいるから安心して。もちろん私もサポートするからね！」

「頼もしいわ」

ときには命を落とす危険もある出産だが、この村にいれば大丈夫。

そんな安心感が、アンナの胸に広がっていた。


収穫祭で懐かしい面々と昔話に花を咲かせた後、アンナは一足早くウィルの家へ戻った。

中年の女性陣からは出産に関する為になる話をたくさん聞かせてもらった。やはり本で読むのと生の体験談を聞くのとでは全く言葉の重みが違う。

「アンナ、大丈夫か？」

少し遅れて、ウィルも家に戻ってきた。

「ええ、大丈夫よ。ケリックともっと話をしてきてもいいわよ」

「そうはいくか」

アンナの横に座り、ウィルはアンナのお腹を撫でた。

「不安に思うことはないか？」

「出産に関しては大丈夫よ」

正直に言えば、不安に思うことはたくさんある。

しかし優しい隣人たちと頼れる親友がいる。それだけで不安は随分と和《やわ》らいだ。

「それより、あなたまで一年も休んで大丈夫なの？」

「アンナを置いて仕事が手に付く訳がないだろう？」

頭を抱えながら、ウィル。彼は出産までの全期間をサポートするため、かなり無茶なスケジュールを組んでいた。

それには出産後も含まれている。

「幼い子供を残して過労死……なんて止めてよね」

「絶対にしないと誓う」

アンナを抱き寄せ、ウィルは耳元で囁いた。

「俺はまだ、君に冷たい態度を取っていたことを自分で許せていない」

「もう十分、溺愛してもらっているわよ」

「いいや、まだまだだ。これから一生をかけて、君を今以上に溺愛していく。覚悟しておいてくれ」

「ええ。よろしくお願いするわ」

――婚約破棄と実家を追放された令嬢は、遠く離れた村で幸せを掴みました。

あとがき

お久しぶりです、八緒あいらです。

弊作品を手に取っていただき、ありがとうございます。

「たまには王道のラブストーリーを書いてみたいな」

「けどそのままだと芸が無いからちょっとひねりを加えよう」

と考えて手を動かした結果、主人公はヒーローから印象最悪の状態でのスタートとなりました。なんでや。


この物語は徹底的にハッピーエンドで締めくくられましたが、実を言うと作者はバッドエンドなお話が大好きです。映画で言うと「ミスト」「セブン」、漫画で言うと「ミスミソウ」、絵本で言うと「不幸な子供」ｅｔｃ……。

弊作品も執筆中は「アンナたちを不幸にしてやろう」という気持ちがむくむくと芽生え、かなり脱線したところを何度も何度も修正を繰り返して今の形にしました。

危うくウィルにフラれたアンナが×××××になったり、ミアが×××××から××をするような作品になるところでした。

作者の中の「絶対にハッピーエンドで書き切るんだ！」という気持ちが「バッドエンド最高！　全員不幸にしてやるぜ！」な気持ちに勝利し、作家としてまた一つレベルが上がった気がします（気がするだけ）。

弊作品を通して、少しでもハッピーな気持ちが伝播すると嬉しく思います。

そしてバッドエンドが好きな同志の皆様。Ｉｆストーリーについて、詳しくはｗｅｂで……（嘘ですやりません）。

末筆ながら、弊作品の書籍化にあたり尽力いただいた担当のN様、テンションの高いS様、そしてアンナ達に姿を与えてくださった茲助様。

その他大勢の皆様にこの場を借りて感謝を申し上げます。

二〇二三年五月吉日

八緒あいら

Jノベルライト文庫

♥無自覚才女のドタバタ胸キュン♡スローライフ！
転生して、憧れのぐーたらライフをはじめたい!!

転生聖女は引きこもりスローライフを目指したい！

~規格外の魔力？ 伝説の聖女の再来!? 人違いなので放っておいて下さい！~

〔著〕アトハ 〔イラスト〕昌未

ブラック国家で酷使され、無残な最期を迎えた大聖女エミーリア。……という前世を思い出した十二歳のエミリアは、今世では平穏に生きたいと聖なる力を隠すことにした。

そんな努力も虚しく、色々なハプニングに巻き込まれ、ついにはガイア王国の王子フィリップにも目を付けられる。「私が望むのは、ただ平凡に生きて平凡に死ぬこと」

はたして今世は無事平穏に生きることができるのか!?

発行／実業之日本社　定価／792円（本体720円）⑩　ISBN978-4-408-55805-9

Jノベルライト文庫

婚約破棄《こんやくはき》&《アンド》実家《じっか》追放《ついほう》されたので、諦《あきら》めていた
平民《へいみん》の彼《かれ》に猛《もう》アタックすることにしました

2023年6月14日　初版第1刷発行

著　　者　八緒《やお》あいら
イラスト　茲助《ここすけ》

発 行 者　岩野裕一
発 行 所　株式会社実業之日本社
〒107-0062　東京都港区南青山6-6-22 emergence 2
電話（編集）03-6809-0473
（販売）03-6809-0495
実業之日本社ホームページ　https://www.j-n.co.jp/

印刷・製本　大日本印刷株式会社
装　　丁　AFTERGLOW
D T P　ラッシュ

ISBN978-4-408-55806-6（第二漫画）